脚本・金沢達也 安達奈緒子
ノベライズ・蒔田陽平

コード・ブルー
―ドクターヘリ緊急救命―
特別編 もう一つの戦場

JN210743

扶桑社文庫
0682

目次

本書はドラマ「コード・ブルー　特別編 もう一つの戦場」及び「コード・ブルー　もう一つの日常」のシナリオをもとに小説化したものです。

小説化にあたり、内容には若干の変更と創作が加えられておりますことをご了承ください。

特別編　もう一つの戦場

1

ヘリコプターのローター音が耳の奥から響いてくる。やがて、床や座席からのかすかな震動が、狭い機内に押し込んだ体にも伝わる。

見慣れた光景。既知の感覚。もう幾度となく経験してきたおなじみのルーティン。次にすべきことはわかっている。

翔北大学附属北部病院、通称・翔北病院のフェローである灰谷《はいたに》俊平《しゅんぺい》は体をひねり、背後にあるスイッチに手を伸ばすと医療無線を消防無線へと切り替える。

フットペダルを踏み、ヘッドセットのマイクに向かって口を開く。

しかし、声が出ない。

「……」

しばしの沈黙のあと、どうにかして声を絞り出す。

「こちら……翔ほ……」

言葉が固形物のようにのどに詰まる。

「……こ……」
苦しい。
息ができない。
あえぎながらどうにか肺を動かす。
ハッハッハッハッハッハッハッ——。
不意に視界がグラリと揺れる。
あ、落ちる……。
瞬時に頭の中の映像が〝あのとき〟に切り替わった。

血まみれの手が心臓マッサージをしている。
ハッハッハッ。
息が切れて苦しいが、知ったこっちゃないと懸命に手を動かしつづける。
戻ってこい……戻ってこい……戻ってこい！
無線から藍沢耕作《あいざわこうさく》の声がする。
「大動脈の断裂だ。やれることはない」

しかし、自分の手は止まらない。止めることができない。

「……中枢側で遮断して、ヘリで翔北に運べばまだ……」

自分が発した言葉の意味に気づき、ハッとする。

藍沢が言う。

「そうだ。ヘリは飛べない」

墜落するヘリから見た光景がよみがえる。

青い空がくるんと反転し、緑の木々が目の前に迫ってくる。

そして、衝撃――。

ヘリはもう飛べない。

僕のせいで……。

心臓をマッサージしていた手が力を失ったようにゆっくりと動かなくなる。

その手を誰かに強くつかまれた。

振り返った灰谷の視界に、信じられないというように目を見開いた若い女性の顔が飛び込んでくる。

あなた、私の愛する人を見殺しにするの……!?

そう訴えかけてくる視線から逃げるように目を落とす。

自分の手は、彼女の夫の血で赤く染まっている――。

「うわあっ！」


「灰谷先生！」

イスの上で灰谷はビクンと体を震わせた。朦朧としながらヘッドセットを取るような仕草をする。

ハッハッハッと短い呼吸を繰り返し、うつろな視線を向ける。

正面に座った翔北病院の精神科医・二宮栞《にのみやしおり》は、灰谷に優しく声をかけた。

二宮は大人の女性という表現がぴったり当てはまるような美しい人だった。白石や緋山と同年代くらいだろうか。しかし、まとっている空気がまるで違う。やわらかであたたかで人を安心させる。陽の当たる縁側みたいな、そんな雰囲気だ。

「落ち着いて……大丈夫よ。安心して」

過呼吸気味の浅い呼吸が徐々に落ち着いてくる。

「大丈夫よ。大丈夫……ゆっくり息を吐いて」

「……はぁ……はぁ……」

「そう……その調子で……」

二宮の誘導にしたがい、灰谷は深呼吸をする。緊張がほどけ、息が楽になってくると同時にその目から涙があふれ出す。


その頃、HCU[※1]で患者の処置をしていた白石恵《しらいしめぐみ》は、一緒だった藤川一男《ふじかわかずお》から灰谷の状態について知らされていた。

「今朝のフライトでな、あいつ現場と無線連絡できなかったんだよ」

「……どういうこと?」

「ヘリの事故、今でも自分の無線が引き金になったと思ってる。ヘッドセットつけてしゃべろうとしたらガタガタ震え出した。復帰してからもずっと、症状はあったらしい」

白石はがく然とした。

「気づかなかった……」

「PTSD[※2]だろうな」

「じゃあ無理に乗せるのはよくないよね。本人に話聞いてみる」

スタッフリーダーとしての自分の力量不足を痛感させられる。白石は急いで処置を終えると、ＨＣＵを出ていった。

相談室にやってきた灰谷は、何の話なのかわかっているようだった。白石が切り出す前に自らの状態について話しはじめた。

通常業務では問題はないのだが、ドクターヘリに乗るとどうしてもあの事故を思い出してしまう。勝手に記憶が巻き戻され、その強烈なフラッシュバックで体が縛られ、コントロールがきかなくなる。

「精神科に行って、カウンセリングも受けてます。自分でも克服したいって気持ちはあるんです」

※1 HCU
高度治療室。ICU（集中治療室）に準じる高度で緊急を要する治療を行うための病室。
※2 PTSD
心的外傷後ストレス障害。なんらかの出来事や体験を通じて強い精神的障害を受けたことによって、日常生活に支障をきたすような苦痛を覚えたり、同じような出来事や体験に恐怖を感じたりする。

「うん」と白石はうなずいた。「やるべきことはやってると思う」

「でも、いざ現場とやりとりしようとすると、体も口も動かなくなる。このままじゃ……また取り返しのつかないことをしてしまうかもしれません」

「……」

「すみません。ヘリ担当から外してください。お願いします」

苦しげに頭を下げる灰谷に、白石はうなずくことしかなかった。


精神科の面接室に入ってきた横峯《よこみね》あかりを二宮はやわらかな笑顔で迎えた。

PTSDに悩む同期を心配して、わざわざその担当医を訪ねてくるなんて、その愛らしい風貌にたがわず優しい心根の持ち主なのだろう。

もしかしたら灰谷の恋人なのかもしれないとも思ったが、そこまで切迫した様子は見られない。

二宮は横峯に説明を始めた。

灰谷と横峯の同期である名取颯馬《なとりそうま》は精神科面接室のドアの前に立ち、ノックをしようとしたがその手を止めた。中から漏れてくる声に、耳をすませる。

どうやら横峰も気になって二宮を訪ねてきたようだ。

しばらく二人の会話を聞き、名取はドアの前を離れて歩き出した。


二階の廊下のベンチに物憂げに座っている横峯に気づいたフライトナース候補生の雪《ゆき》村《むら》双葉《ふたば》は、階段を駆け上がると、その隣に腰を下ろした。

「……どうした?」

横峯は振り向くこともなく、つぶやくように答える。

「灰谷先生のこと」

雪村は「ああ」と納得した。いつも能天気でお気楽に生きているよう見えるが、横峯は人の痛みを我がことのように感じられる繊細な女性だった。

「今ね、精神科の二宮先生に会ってきたんだけど……やっぱり簡単にはいかないみたい、PTSDって」

「そっか……大島《おおしま》美央《みお》さんも、まだつらそうだった」

横峯は、「誰?」という顔を雪村に向ける。

「ヘリの事故のとき、運ばれてきた」
「ああ……」

踏切内で立ち往生していた八十代の女性を通りかかった新婚夫婦が助けようとして事故に巻き込まれた。老婦人と新妻は一命を取り留めたが、男性は亡くなった。結婚式場に向かう途中の不幸な出来事だった。

美央のケガは骨盤骨折だったが経過はよく、リハビリも始まった。しかし、灰谷と同様、心の傷は癒えていなかった。

リハビリルームのマットの上に横になった美央の右脚を、理学療法士の女性がゆっくりと動かしている。腰を覆うギプスが痛々しい。

「痛みが出たら言ってくださいね」と声をかけながら、曲げて伸ばして……を繰り返す。

しかし、美央はうつろな視線を天井に向けたまま、反応しない。

心を無にしていないと、自分を助けるために亡くなった夫、将《まさる》のことをどうしても思い出してしまうのだ。

不意に将の笑顔がスッと美央の心に忍び込んできた。

……一筋の涙が頬をつたっていく。

2

一か月前——。

フットペダルを踏み、灰谷はヘッドセットのマイクを握っていた。

「こちら翔北ドクターヘリ。患者情報お願いします」

「八十代女性はショック状態[※1]でレベル二桁[※2]。二十代女性は意識あります。三十代男性がレベル三桁[※2]で頸動脈が触知できません」

「厳しいわね」と無線を聞いていた白石がつぶやく。

「助けようとしたほうがレベル三桁って、そんな……」

灰谷は理不尽な現実に顔をゆがめた。

そのとき、ヘッドセットから機長の早川正豊《はやかわまさとよ》の声が届く。

「ランデブーポイント[※3]確認しました。見物人の退避が間に合っていないので、上空待機します」

着陸までにはまだ時間がかかると知り、灰谷は思わず体をひねり、無線をコックピットへと切り替えた。

「早川さん！」

灰谷の声に白石はギョッとなる。

「急いでください！　患者、心停止寸前です。早く降りてもらうことできませんか！」

「わかりました。少し着陸位置をずらせばいけそうで――」

そこで突然、早川の声が途絶えた。白石が無線を切ったのだ。

どうして……と灰谷は白石を見た。白石は険しい表情を灰谷に向ける。

「医者からパイロットへの指示は許されていない。教わったでしょ？」

※1 ショック状態
重要な臓器への血液量が急激に減少することで、血圧低下や意識障害などさまざまな異常が同時多発的に発生した状態のこと。

※2 レベル二桁、レベル三桁
意識レベルの判断基準。数字が大きいほど意識障害が重い。意識清明（意識がある状態）を「0」とし、全十段階で評価する。一桁（1、2、3）は「刺激なしで覚醒」、二桁（10、20、30）は「刺激すると覚醒」、三桁（100、200、300）は「刺激しても覚醒しない」とし、それぞれ三段階で重度を分ける。

※3 ランデブーポイント
ドクターヘリと救急隊が合流する緊急離着陸場のこと。

「あ……」

「彼らは最短時間で安全に医者が患者に接触できるようプランを立ててる。私たちが口出すことじゃな――」

言い終える前に機体が大きく傾き、白石は慌ててシートにつかまった。ミシリと不気味な音を感じた瞬間、コックピットから「うわっ」という整備士の鳥居誠《とりいまこと》の大きな声が聞こえてきた。

「出力最大！」と早川が叫ぶ。

窓外に広がっていた青い空が反転し、緑の森がぐんぐん近づいてくる。


早川の操縦技術でどうにか墜落はまぬがれたが、ヘリは木に接触して着陸に失敗。機体は損傷し、再び飛行するのは不可能になった。

幸いなことに乗員の五人は無傷だった。白石、灰谷、雪村の三人はヘリから飛び出すと、すぐに現場へと向かった。

治療を始めた白石の携帯が鳴る。病院からだった。白石は救命センター長の橘啓輔《たちばなけいすけ》に状況を報告し、最も重傷の三十代男性、大島将《まさる》への治療を再開した。

かすかな希望に懸け、白石は将の胸を開く。雪村から開創器を受け取り、灰谷が創を広げていく。

「頸動脈、触れません」

雪村の言葉どおり、将の心臓はすでに動きを止めていた。

「どいて」

灰谷を下がらせると、白石はむき出しになった心臓を握り、直接、心臓マッサージを始めた。心臓を揉みながら、白石は何かに気づいた。腕の隙間から胸の中を覗き込む。

「※後縦隔《こうじゅうかく》にひどい血腫。大動脈損傷がある。これじゃあ遮断できない……」

もう助けるのは無理だ。

かすかな希望が消えてしまった……。

そのとき、救急車から救急隊員の切迫した声が聞こえてきた。

「先生！　腸管がどんどん出てきてます！」

老婦人の容体が急変したらしい。

※ **後縦隔**
胸腔の中央に位置し、前は胸骨、後ろは胸椎、左右は胸膜空で囲まれた部分を縦隔というが、この後部にあたるところ。

白石は即座に決断した。

「この男性はあきらめて、ほかの二人を助けましょう。おばあさんを診てくる」

救急車へ向かう白石をぼう然と見送る灰谷に、絞り出すような若い女性の声が聞こえてきた。

「将くん……将くん、しっかりして」

振り向くともう一台の救急車に運ばれた二十代女性、美央が痛みに耐えながら懸命に身を起こし、必死に将に声をかけている。

灰谷と美央の目が合った。

「先生……先生お願い、助けて。将くんを助けて」

灰谷は美央に小さくうなずき、将の心臓へと手を伸ばした。心臓マッサージを再開し、雪村に告げる。

「※エピネフリン入れよう」

雪村は驚き、「本当に？」と目で尋ねるが、灰谷の決意は固そうだ。

「……はい」と雪村が動き出す。

「将くん……聞こえる？」

美央は将を元気づけようと無理に明るい声を出す。

「大変なことになっちゃったね……これから結婚式だっていうのに……」

灰谷と雪村は驚き、思わず顔を見合わせた。

美央は薄く笑って、続ける。

「式場でみんな、心配してるかな……」

生涯最高の幸せを感じられる日だったはずなのに……。

あと数時間後に歩くはずだったバージンロード、交わすはずだった誓いのキス……想像すると涙があふれてくる。

「……だから先生、助けて」

灰谷は必死に心臓マッサージを続けている。

「……結婚式、やらせて」

ハッハッハッハッ……。

※ **エピネフリン**
ホルモンの一種で、血圧上昇、心拍数増加、末梢血管収縮、気管支拡張、交感神経刺激などの作用をもつ。薬剤として、心停止、アナフィラキシーショック、喘息、敗血症などの治療に用いられる。

息が切れ、腕がしびれてきた。

「今日じゃなくていい。元気になってからでいい。ずっと先でいい。お願い……先生」

灰谷は懸命に手を動かし続ける。

「反応あります。手が少し動いてます」

雪村の言葉に灰谷は勇気づけられる。

戻ってこい……戻ってこい……戻ってこい！

そのとき、胸ポケットのトランシーバーから藍沢の声が聞こえてきた。

「灰谷、後縦隔を見てみろ。大動脈の断裂だ」

現実を直視したくなくて目をそむけてきた。藍沢の指摘にあらためて開いた胸の奥を覗くと絶望的な状態であることはすぐにわかった。

「やれることはない」

藍沢がダメを押す。

でも、自分がここであきらめたらこの人は死んでしまう。

「二十代女性の治療と搬送を開始しろ」

どうすれば……どうすればいい……。

灰谷の手が止まっていることに気づいた美央が、心配そうに声をかけた。

「先生……どうしたの？」

灰谷は黙って心臓マッサージを再開する。フライトスーツに備えつけられたカメラでその様子を見ていた藍沢が、「灰谷」と強い口調でたしなめる。

「でも……中枢側で遮断して、ヘリで翔北に運べばまだ……」

言いかけて灰谷は気がついた。

「そうだ」と藍沢が代わりに言う。「ヘリは飛べない」

ヘリは飛べない。

僕のせいで事故が起きたから……。

灰谷は自分の手を止められなくなった。

そのとき、胸腔内から大量の血液があふれ出た。

藍沢の声が無情に告げる。

「大動脈破裂だ。これで可能性はゼロだ。あきらめろ、灰谷」

そこに八十代の女性の初期治療を終えた白石が戻ってきた。

「おばあさんは腸管脱出があって血圧も落ちてきている。私は一緒に救急車で翔北に向かう。灰谷先生はあの女性と翔北に向かって」

「……この人は？」

灰谷は血だらけの両手を茫然と見つめている。

白石は灰谷の質問に答える代わりに、救急隊員に向かって言った。

「翔北に運んで死亡確認をします。医師は同乗しません」

「わかりました」

二人のやりとりに美央が血相を変えた。

「待って！　死亡確認って……やだ……さっき手を動かしたって……」

白石は美央に歩み寄ると、言った。

「あの方は助かりません。残念です」

「……」

美央は横たわっている夫に向かって叫んだ。

「将くん、将くん!!　ねえ、起きて！」

すがるように灰谷を振り向く。

「先生！　助けて、先生！」

泣き叫ぶ美央を触診して白石は言った。

「※橈骨《とうこつ》の触れが弱くなってきてる。灰谷先生、骨盤固定して搬送して」

灰谷はあとずさるように将のそばを離れ、美央のほうへ向かう。

「やだ……私はいいから！　先生、将くん死なせないで、お願い……」

かたわらにやってきた灰谷の腕を美央がつかんだ。

「先生……！」

「……ライン準備してください」

「……はい」と雪村が灰谷に答える。

「……先生……！」

灰谷は美央を生かすために、彼女の夫の血にまみれた手を動かしはじめた。


『搬送の遅れが死の原因か？』

『ヘリで五分の搬送予定が救急車で二十分』

※ **橈骨**
前腕の親指側にある長い骨のこと。ここでは、このそばを通る動脈の脈拍が触れないことを意味する。

パソコンモニターに躍るネットニュースの見出しを名取がじっと見つめている。

「……」

灰谷たちが現場に到着した時点ですでに男性の大動脈は破裂しており、助かる見込みはなかった。彼らは一人の命を失わせたのではなく、二人の命を救ったのだ。

でも、記事はその事実を一行たりとも伝えてはいなかった。

名取はノートパソコンを閉じ、面倒くさいほどもろく傷つきやすい同僚を思う。


灰谷が廊下を歩いていると、パイロットの早川がCS室へ入っていくのが見えた。灰谷はあとを追うと、CS室の前に立った。中から早川と※コミュニケーション・スペシャリストの町田《まちだ》響子《きょうこ》の声が聞こえてきた。

「ドクターヘリの出動が二週間停止することになりました」

「二週間……」

想像以上の重い処分に、町田は二の句が告げない。

「すみません」

「気にしないで。二週間経てば、また一緒に仕事できるんだから」

「……」

「どうしたの？」

「俺と鳥居は当面の間、ドクターヘリ業務から外されることに……」

「え……」

二人の会話を灰谷が信じられない、といった思いで聞いている。

そんな……僕のせいなのに、なんで……。

灰谷はフラフラとその場から離れる。

エレベーターの前に白石の姿があった。灰谷は思わず詰め寄った。

「どうしてですか」

「……？」

「ルール違反をしたのは僕なのに、どうして僕は処分されないんですか」

「あなたが早川さんを急かしたことは着陸失敗の原因とは認められなかった。それだけ」

※コミュニケーション・スペシャリスト
運航管理者。安全かつ時間どおりに目的地に到着するよう、無線やコンピュータを使ってパイロットにアドバイスを送る。

扉が開いて白石がエレベーターに乗り込む。灰谷もあとを追った。

「僕のせいでしょう。それでヘリは二週間も飛ばない。助からない人が必ずいる！」

「灰谷先生」

白石は灰谷を落ち着かせようとするが、灰谷の興奮は収まらない。

「僕は責めてほしかった。みんなに。お前のせいでヘリが落ちたんだって！」

思いの丈を叫ぶ灰谷に負けじと、白石は強く言った。

「灰谷先生を責めることなんて、できない」

「え……？」

「灰谷先生が急いでくれって言ったのは、大島さんを助けたかったからでしょ？」

「……」

「その気持ちは、みんな同じだから」

しばしの沈黙のあと、灰谷は苦渋に満ちた声で言った。

「あの二人は結婚式に向かう途中だった。数時間後には誓いを立てて、新しい人生が始まるはずだった」

「……」

「なのに……僕のせいで終わった」

白石の言葉はありがたかったが、自分の言動が思いとは真逆の結果を生み出してしまった。未熟な者が思いだけで突っ走っても、周囲に迷惑しかかけないのだ。

そして、医師とは命を扱う仕事だ。

単なる迷惑ではすまされない。

灰谷は自分の甘さ、未熟さがどうしても許せなかった。

3

横峯が医局に戻ると、灰谷がいる。横峯は努めて明るく声をかける。

「白石先生、もう帰った？」

「……たぶん……」

「普通、ＩＤ忘れたりしないよね」と笑いながら手にしたＩＤカードをひらひらさせる。

「しかもオペ室に。白石先生ってそういうところあるんだよねぇ」

「あ……うん」

横峯が白石のデスクにＩＤを置いたとき、電話が鳴った。すかさず受話器を取る。

「はい、救命救急センター医局です」

「ああ、私、『週刊時代』の佐々木《ささき》と申しますが、ヘリの墜落事故についてお聞きしたいんですが……亡くなった原因は搬送が間に合わなかったってことですよね？」

他人の家にずかずかと土足で踏み入るかのような横柄な口調に、横峯は眉をひそめる。

「すみませんが、病院の広報を通してください」

「現場のドクターの意見を聞きたいんですよ。ヘリが飛んで――」

「失礼します」と話を遮ると、横峯は電話を切った。

チラリと自分をうかがう横峯の態度で、灰谷は電話の内容を察した。横峯は何も言わず、自分の席につく。

いたたまれずに立ち上がると、灰谷は医局を出た。


もう二度とミスはしない。

自分のせいで患者を死なせたりはしない。

そのためだったらどんなことでも……。

灰谷はＩＣＵ※とＨＣＵを回り、患者の状態を注意深く観察していく。一通りチェックを終え、スタッフステーションに向かって歩いていると、「灰谷先生」と背後から雪村に声をかけられた。

「はい」と灰谷が振り向く。

※ ICU
集中治療室。高度な治療や容態管理を必要とする重病重態の患者を引き受ける病室。

「坂本《さかもと》さんの血糖チェックって一日四回でいいんですよね？　オーダーでは八回って」

と手にしたタブレットを灰谷に見せる。

「……そうです。……すみませんでした」

灰谷は雪村に頭を下げる。

「担当ナースにはこちらで連絡しておきます」

「……お願いします」

スタッフステーションに入ると、名取が横峯に話しかけていた。

「なあ、青田《あおた》さんってまた頭部ＣＴ撮るんだっけ？」

予定表が挟まれたバインダーを見ながら、名取は首をひねっている。

「ううん、撮らないけど……なんで？」

「オーダー、入ってるから……」

「？」と横峯は予定表を覗き込もうとする。そこに灰谷が割って入った。

「ごめん」

名取と横峯が「え？」と振り向く。

「……キャンセルしてくる」

去っていく灰谷を見送りながら、名取と横峯は顔を見合わせた。

宿直室のベッドの上で灰谷が苦悶の表情を浮かべ、唸《うな》っている。

悪夢ではない。

あの事故にまつわるさまざまなシーンが、津波のように灰谷の頭の中に押し寄せてくるのだ。

バランスを崩し、落ちていくヘリ。

血にまみれた手で握る将の心臓。

自分の血まみれの手をつかむ美央のすがるような目――。

「！」

灰谷は目を開けると体を起こした。

ハッハッハッハッ……。

胸が上下し、浅く荒い呼吸を繰り返す。

しばらくじっとしていると、どうにか落ち着いてきた。灰谷はベッド脇のテーブルに置いたスマホを手に取った。

薄闇に浮かび上がる『3：01』という時刻表示に顔をしかめる。寝ついてから一時間も経っていない。

目をつぶり、ふたたび寝ようとするが、一度覚めてしまった意識を静めることはできなかった。

考えまいとしても、どうしても担当患者たちのことが頭に浮かんでくる。灰谷の中で彼らの症状がどんどん悪化していく。

我慢できず、灰谷はベッドから起き上がった。

誰もいない医局にやってきた灰谷は、窓から差し込む月明かりを頼りに自分のデスクに座り、パソコンを起動させた。モニターの光が灰谷の顔を青白く照らし出す。

担当患者のCT画像を確認し、投薬のチェックをする。画面が切り替わるたびに、雪村や名取、横峯の声が頭の中でこだまする。

「坂本さんの血糖チェックって、一日四回でいいんですよね？」

「青田さんってまた頭部CT撮るんだっけ？」

「ううん、撮らないけど」

そうだ。
こんなこと必要ない。
わかってる。わかってる。わかってる。
でも、もしかしたら……。
せわしなくキーを叩く指が止まらない。
やめろ。やめろ。やめろ！
灰谷はキーボードから自分の指を引きはがした。
何やってんだ、俺……。
自分で自分をコントロールできない。
不意に自分への怒りが湧き上がり、灰谷はデスクを思い切り両手で叩いた。
バン！
薄暗い医局に大きな音が響く。
バン！　バン！　バン！
衝撃でデスクの上にあったカップが倒れ、お茶がこぼれた。
灰谷は大きく息をつくと、カップを元に戻した。そばに置いていたＩＤカードも濡れてしまった。カードケースをティッシュで拭きながら、灰谷はふとあることを思い立った。

白石のデスクに移動すると、やはりＩＤカードが置きっぱなしになっていた。

「……」

わずかな逡巡の末、灰谷はそれを手にとった。パソコンを起動させ、スキャナーにＩＤカードをタッチする。

調剤の画面を開くと、処方医の欄に『白石恵』と表示される。灰谷は患者の欄に自分の名前を打ち込み、続けて薬品名に『トリアゾラム』と入れた。もうこんな機会はないだろうから、日数は最長の28日分にする。

一瞬ためらったが、確定ボタンを押した。


翌日。

スタッフステーションにいた横峯のところに薬剤師がやってきた。

「これ、オーダーされてた患者さんのお薬です」と薬袋の入ったカゴを横峯に渡す。

「ありがとうございます」

すると薬剤師は辺りを見回して尋ねた。

「白石先生は……？」

横峯も周囲を確認し、「いないですね」と答える。

「どうしました？」

「白石先生がオーダーした薬の量がちょっと多かったので、確認しようと思って」

薬剤師が手にしたオーダーシートを覗き込む。

トリアゾラム……睡眠導入剤だ。

患者さんは……灰谷俊平……!?

横峰は驚いたが、薬剤師は気づかなかったようだ。

「じゃあ、また来てみます」

「あ……お願いします」

去っていく薬剤師の背中を見つめる横峯の心を、不安の雲が覆っていく。

その夜、横峯は名取を飲みに誘った。察するものがあったのだろうか、いつもは付き合いの悪い名取が誘いを受けてくれた。

テーブル席で名取と向かい合い、グレープフルーツサワーを飲みながら、横峯は灰谷の睡眠導入剤の件を話しはじめた。

「眠れないのかな……」

「灰谷に聞けよ」

そう言って、名取は冷酒のグラスを口に運ぶ。

「聞けないよ。あんまりほかの人に知られたくないでしょ？」

「白石先生には言えよ」

「え……」

「そんな量、白石先生がオーダーするわけない。おおかたＩＤ盗んで処方したんだろ。明らかなルール違反だ」

「……そうだけど……」と横峯は黙り込む。

「……なに……同情してんの？」

「ダメ？」

名取はため息をついて、ふたたびグラスを手にした。

「たまたま灰谷先生だっただけ……もしかしたら私や名取先生だったかもしれないんだ

よ……」

「……」

「怖いのはみんな同じだったでしょ？」

横峯は初めてドクターヘリで降り立った事故現場のことを思い出させる。


かなり大規模な事故だった。

商店街の七夕祭りで山車《だし》が横転し、民家に突っ込んだ。十名を超える負傷者が出て、自分たちフェローまでもヘリで現場へと駆り出されたのだ。

着陸地点の空き地から事故現場へと近づくにつれ、人々のうめき声や叫び声が聞こえはじめ、異様な空気に変わっていく。大事故現場の想像を超えた混乱ぶりに、横峯は息をのんだ。

いつもは冷静さを装う名取もまた、平常心ではいられないようだった。

「すげえな」と思わず漏らした声を、横峯は今でも覚えている。

そう指摘すると、名取は「そうだっけ？」ととぼけてみせる。

もちろん、名取の記憶にもあの現場のことはしっかりと脳裏に刻まれていた。現場では自分はまだ経験の浅いフェローだという言い訳はきかない。負傷者や救急隊員にとって、医師は絶対的な存在なのだ。

「〝先生〟と呼ばれることがあんなに怖いとは思わなかった……」

あなたもそうじゃない？……と横峯は名取をうかがう。

名取は黙って酒の入ったグラスを見つめている。

二人はふたたびあの事故を思い返す。

山車と家屋の壁の間に挟まった少年の無残な姿を見たとき、横峯は医師であることから逃げ出した。

自分の手に負えないと少年をそのまま放って、助けを求めて白石のところに向かったのだ。

幸い白石と藍沢の適切な処置で少年は一命を取り留めたが、横峯にとっては大きな挫折だった。

フライトドクターなんて無理かもしれない。

本気でそう思った。

しかし、フェローの青くさい悩みに付き合ってくれるほど救命は甘くはなかった。

自嘲気味に横峯は思い出話を続ける。

「藍沢先生と行ったマリーナの現場でも……」


海上から吊り上げる途中でクルーザーが落下し、母親と二人の娘が巻き添えをくった事故だった。横峯はヘリの中で藍沢から、フライトドクターとして三人の治療の指揮をとることを命じられていた。

痛みを訴えてはいるが意識のある母親と七歳の姉を藍沢に任せ、意識レベルが落ちた四歳の妹をヘリで翔北に運び、ふたたび現場へと戻った。ランデブーポイントで藍沢が乗った救急車と合流し、姉をヘリに乗せる。

どうにか合格点をもらえる処置ができたと思った。しかし、ヘリの中で姉の容体が急変した。換気がうまくできなくなったのだ。

パニックになりそうになるのを抑え、藍沢に連絡をとる。症状を話すと、藍沢の冷静な声がヘッドセットから聞こえてきた。

「おそらく緊張性気胸[※1]だ。そこで胸腔ドレーン[※2]を入れろ」

横峯は絶句した。

胸腔ドレーンの挿入は苦手で、これまでも何度も藍沢にダメ出しをされていたのだ。

しかし、ここには手助けをしてくれる指導医はいない。

自分がやるしかないのだ。

ためらっていると藍沢の声が聞こえてくる。

「早く治療を開始しろ。数分で死ぬ」

「はい……でも……もし、うまくできなかったら……」

「練習したんだろ」

そうだ。

藍沢の指導のもとで患者さん相手にやらせてもらったし、空いた時間があれば人体模型を使って練習もした。

「何度も練習していたのはなんのためだ。患者を救いたくてやってたんじゃないのか」

藍沢先生はそんな私を見ていてくれた……。

「お前は医者だ。目の前の、七歳の少女の命を救え」

そのひと言で、覚悟ができた。

「わかりました。やります」

厳しく接するのは、私を医師として見ていてくれるから。そして、藍沢先生は厳しいだけの人ではなかった。

ドレーンを挿入するために開胸しようとしたとき、ヘッドセットから白石の声が聞こえてきた。藍沢がアシストを頼んでくれたのだ。

白石の指示にしたがい、横峯は少女の体にメスを入れた。胸膜まで大きく開き、ペアンの先で胸膜を破る。

しかし、ローター音がうるさくて脱気されているのかわからない。

「脱気の音が聞こえません」

※1 緊張性気胸
重症の気胸（胸壁と肺の間に空気が入り込む状態）で、胸壁内に大量に溜まった空気により、肺や心臓などが圧迫されている状態。
※2 胸腔ドレーン
胸腔内に溜まった空気や液体、ウミなどを体外に排出するための、細いプラスチック製のチューブ。

「ヘリの中だから聞こえなくていい。バッグを揉んでみて」

同乗していたフライトナースの冴島《さえじま》はるかがジャクソンリース[※1]を揉みながら、横峯に「大丈夫」とうなずく。

横峯はそれを見て安堵し、仕上げに入った。

「チェストチューブ[※2]入れます」

「肺を傷つけないように、ゆっくり。大丈夫よ、ここまできたんだから」

白石の声に勇気をもらい、横峯は手応えを確かめながら慎重に胸腔内にチューブを挿入していく。

「チューブが曇ったら正しい位置に入ってるってことだから」

横峯はうなずき、さらにチューブを挿入していく。やがて透明のチューブがふわっと白く曇った――。


「あのときの安堵は今でも忘れられない」

横峯はそう言って、大きく一つ息を吐いた。

「怖くて怖くてたまらなかった……。私のせいで……人が死ぬんじゃないかって……」

過去を振り返りつつ、あらためて自分の未熟さに落ち込む横峯に、名取が言った。

「お前ら、何もかも重く受け止めすぎなんだよ」

「え……!?」

料理の皿に伸ばした横峯の箸が止まる。

「患者が死ぬなんて当たり前。力入れすぎなんだよ。医者なんてただの職業だろ。患者を必ず救ってくれるとか、寄り添ってくれるとか、そんな医者ばっかだと思われるの嫌なんだけど」

名取の言葉に無性に腹が立ち、横峯は残っていたサワーをごくごくと飲み干した。そして、音を立ててジョッキを置くと、名取に尋ねた。

「ねえ……名取先生って何かに本気でぶつかったことある?」

「本気でぶつかって何かが変わるわけじゃない」

※1 ジャクソンリース
手動の人工換気用具。
※2 チェストチューブ
胸に溜まった空気や液体を、体の外に出す際に挿入するチューブのこと。

名取はいなすように苦笑してみせる。

「……結局は人ごとだろ」

クールを気取っていても自分や灰谷と同じ思いを抱いていると思っていたのに……。

失望したような横峯の表情を名取は強く見返すが、すぐに視線をそらした。


横峯と別れ、ひとり夜道を歩きながら、名取は指導医の緋山美帆子《ひやまみほこ》からぶつけられた言葉を思い出していた。


「私は患者に感情移入しすぎるってよく怒られたけど、あんたは逆ね。あんたみたいな性格なら、私も問題起こしたりせずにもっといいポジションにいれたかも」

痛烈な皮肉を浴びたのは、自分が発した不用意なひと言が原因だった。高校生の山口《やまぐち》匠《たくみ》の脳死判定を両親が受け入れたと知ったとき、つい口走ってしまったのだ。

「よかったですね。臓器が無駄にならなくて」……と。

その後、移植のための摘出手術にも立ち会い、少年の体から手際よくさまざまな臓器が切り分けられ、取り出されていくさまも緋山とともに見た。

緋山は摘出された少年の六つの臓器がどうなるのかが書かれた一枚の書類を自分に見せながら、言った。

「たった一枚。たった六行。この六行は匠くんが十七年間生きた証し。そして、この一行一行に、これから生きる六人の未来が書かれてる。だから、私は手を抜かずにやりたいの。書類仕事を」

たとえ事務仕事であっても患者のことを思い、寄り添いながら真摯にこなしていく緋山に対して、圧倒的な敗北感に打ちひしがれた。

緋山にだけではない。同僚の灰谷や横峯も患者に対しての熱い思いがある。自分の無力さに落ち込み、怒り、力及ばず亡くなってしまった患者に涙する。

自分にはそれができない。

患者のことを一番に考え、気持ちに寄り添ったところで腕が上がるわけではない。むしろ、不要な思い入れは目を曇らせる。

患者を思いやる医師よりも技術の高い医師のほうが、患者にとってはありがたい存在のはずだ。

今までそう思ってやってきた。

しかし、救命ではそれでは駄目なのだ。

幾度となく経験した修羅場と化した現場で、名取はそれを思い知らされていた。死の淵に立たされた患者を生へと引き戻すには、絶対にこの患者を助けるという医師の強い思いが必要で、それは技術を超越したものなのだ。

藍沢や緋山は、常にギリギリの状況のなか、それまでの自分を更新していく。経験したことのない処置や手術にも迷うことなく挑戦していく。

すべては目の前の命を救うために……。

それは周りからも患者からも一歩引いて、自分のできる範囲でしか仕事をしない。できないことには決して手を出そうとしない自分には到底無理なことだった。

このままでは駄目だ。

今は知識や技術でリードしているとはいえ、近い将来、同僚の二人にすら追い抜かれてしまうだろう。

それに気づき、脳死と判定され、臓器を提供した少年、山口匠の話を柄にもなく両親に聞きにいったりもした。

それによって、少しでも残された家族の痛みに寄り添えるのではないかと思って。

看護師に交じって匠のエンゼルケアを手伝っていた緋山にそのことを話すと、彼女は意外そうな顔をして、尋ねた。

「それで、どうだった？」

名取は正直に答えた。

「全然寄り添えませんでした。結局、人ごとでした。かわいそうだなとは思うけど、それ以上じゃない。俺にとっての彼は四日前にたまたま診た患者の一人で、その患者が今日は臓器提供者になった。それだけです」

黙って自分を見ている緋山に、名取は告白した。

「俺は緋山先生がうらやましいです。患者やその家族に寄り添えるのがうらやましい」

こんなふうに誰かに自分の弱みを見せるのは、名取にとって初めてだった。

「遠回りすることで見える景色もあるんだよ。人それぞれでいいんだと思う。どんな景色が見えるのかは」

緋山はそんなふうに名取を肯定してくれた。

自分はこんなヤツだと認めることから始めなきゃいけない。そうしなければ何も見えない。見えても何も感じない。

そう決意したのに、横峯や灰谷の愚直なまでの真っすぐさを目の当たりにするとイライラし、つい思いとは裏腹なことを言ってしまう。

自分が持っていない医師としての大切な資質を見せつけられ、無意識のうちに反発してしまうのだ。

そんな自分の小ささに、名取は苛立ち、落ち込んだ。


宿直室の簡易ベッドで寝返りを打ちながら、灰谷は悶々としていた。睡眠薬の効果でいったんは眠りについたのだが、一時間もしないうちに目が覚め、それ以降、まるで眠気はやってこない。

ついに灰谷はベッドから起き上がった。

頭をかきむしると、テーブルに置いた薬袋に手を伸ばす。

洗面台の明かりをつけ、紙コップに水を満たすと袋から薬を取り出した。

一回一錠だが、効かなかった。

灰谷は手のひらに二錠取り出した。

それでも不安で、さらに二錠を追加した。四錠を口の中に放り、水で流し込む。

何やってんだ……俺。

灰谷はずるずると床の上に座り込んだ。


翌日、勤務を終えた灰谷は病院の正面玄関を出た。

疲れがまとわりつき、体が重い。

ゼンマイ仕掛けのおもちゃのようにギクシャク歩いていると、見知らぬ中年男が近づき、声をかけてきた。

「あの、救命救急センターの方ですか？」

「あ、はい」

男の目が輝いた。

「ヘリの墜落についておうかがいしたいんですけど」

「！……」

灰谷は記者に背を向けると、早足に立ち去ろうとする。そんな灰谷に記者はぴったりとくっついて離れない。

「ヘリが飛んでれば、負傷者は死なずにすんだんですよね？」

「……知りません……」

「パイロットに何かあったんですか？　担当のドクターはどう思ってるんでしょうか？　あなたの同僚ですよね？」

ぐいぐいと体を寄せてくる記者に、「やめてください」と灰谷は弱々しく言い、さらに足を速める。

「では、何かあったら連絡ください」

目の前に突き出された名刺を灰谷は反射的に受け取ってしまった。そのまま歩き続けると記者はもう追ってはこなかった。


駅のホームに立った灰谷は、手にした名刺をうつろな目で見つめた。

『週刊時代　記者　佐々木竜太郎』

この男に何もかも話して、見知らぬ人たちから責められれば少しは楽になれるのだろうか。

ぐっすりと眠れるようになるのだろうか。

この名刺が救いのチケットのように思える。
線路の向こうに電車が見えてきた。
不意にフラッシュバックが灰谷を襲う。
赤い血にまみれた自分の手。
「ヘリは飛べない」と言った藍沢の声。
すがるように見つめる美央の目。
「……」
電車が入ってくるホーム上で、灰谷は線路へ吸い寄せられるように一歩を踏み出した
——。

4

灰谷が駅のホームから転落して翔北に運ばれてきた。

救命は一時、騒然となるが、電車とは接触しておらず、ケガは頭部と左腕の裂傷と鎖骨骨折だけですんだ。

HCUで眠る灰谷の様子を見に、横峯がやってきた。ベッドサイドで管理をしていた名取が言った。

「頭部CTも問題なかったって。ま、一週間で退院できるだろ」

「そっか……」

灰谷の寝顔を見つめていた横峯の目がベッド脇のカゴへをとらえる。ビニール袋に入った所持品の中に血のついた名刺があった。

『週刊時代　記者　佐々木竜太郎』

先日、自分が電話で話した記者だ。

顔色を変えた横峯に、「どうした?」と名取が声をかけた。

「この記者、医局に電話してきた……」と目で名刺を示す。

「……」

「患者さんが亡くなった原因は搬送が遅れたせいかって」

「……だからなんだよ。たかが記者に言われただけだぞ」

「うん……でも、人一倍責任感が強いから。灰谷先生は」

横峯は一緒に行ったある現場を思い浮かべた。

「冷凍倉庫の現場。動脈損傷の守口《もりぐち》さんのときもそう」


冷凍倉庫で発生した荷崩れ事故で、灰谷と横峰は、冷凍室の中に閉じ込められた。電源が落ち、麻酔もないなか、懐中電灯のわずかな明かりのみで足から大量出血している若い作業員の治療をしなければならなくなった。

必要な処置は鼠径《そけい》部を切開して、大動脈を結紮《けっさつ》※。出血を止めるにはそれしかなかった。

フライトスーツに備えつけられたカメラで白石の指示を仰ぐことはできたが、実際に

※ **結紮**
血管を縛って血行を止めること。

処置するのは自分たちだ。

麻酔がなく、患部を冷凍食品で冷やして感覚を麻痺させただけの状態で脂肪を裂き、大動脈を露出させるという荒っぽい手術。最初にメスを握ったのは横峯だったが、尋常ではない痛みに襲われる守口の悲鳴とそのひどい苦しみようにおののき、出血箇所の血管を見つけられないまま手を止めてしまった。

「無理です……麻酔なしでこんな……できません」

トランシーバーから「もう一度切れ」という藍沢の声が聞こえてくるが、横峯はもはや返事すらできなかった。

「灰谷、聞こえるか?」

灰谷が答えた。

「はい」

「シアンガス騒ぎのとき、お前は臆病な自分を嘆いていた。またあとになって病院に戻ってから嘆くのか。それともここでその患者を救うのか。決めるのはお前だ」

以前、毒物のシアンで自殺を図った患者を乗せたヘリが汚染されて、冴島が生死の堺をさまよった事故があった。灰谷はそこで何もできずにただ怯えていたことを、藍沢は思い出させたのだ。

灰谷は命乞いするように「やめて、やめて……」とつぶやき続ける守口とその足元に広がる血溜まりを見て、覚悟を決めた。

「わかりました」

灰谷は守口に言った。

「僕は臆病で何をするにも出遅れる。やらなくていいならやらないほうを選ぶ。でも、今やらないでもしあなたが死んだら、僕はもう自分を許すことができません。……だからお願いします。やらせてください」

守口は灰谷を見つめていた目を閉じると、小さくうなずいた。

「じゃあ、いきますね」

灰谷は肌に当てたメスをすーっと引いた。


横峯は灰谷の寝顔を見ながら、つぶやく。

「結局、私がダメなとき、灰谷先生がやってくれた。途中で投げ出したりしなかった」

「それで、自分がつぶれた」と名取が返す。

「……」

「すべてに責任を感じて押しつぶされてたら世話ないな」

そう言い捨てると、名取は去っていった。

灰谷の事故から一週間後。

成田空港のロビーで四十代男性が倒れたという消防からの出動要請を受け、名取は緋山、雪村とともに現場へと向かった。

エコノミークラス症候群※が疑われたが、患者が鼻から出血しているのを見て緋山は首をひねる。名取がラインを取るために患者の腕に針を刺す。その刺激で患者が覚醒し、突然腕を振り払った。

「いっ……」

いきなり襲ってきた痛みに緋山は顔をしかめた。見ると右手の小指の先から血がにじんでいる。

「！……」

名取の視線が、緋山の指から自分が手にした針、そして患者へと移る。

「今これ……」

患者の体に刺した針が緋山先生に……。

何が起こったのかは緋山もわかっていた。が、冷静に名取に言った。

「いいから早くライン取り直して」

そんな二人を雪村がいぶかしそうに見つめる。その瞬間、雪村は救急隊員と話をしていて患者からは目を離していたので、何が起きたか気づいていなかった。

患者はすぐに翔北病院へと搬送された。

初療室に運び、ストレッチャーから初療台へ移したとき、患者の酸素マスクの中に血があふれた。

「吐血したぞ」と藤川が驚きの表情を浮かべる。

想定していた症状とは違う。

すぐに下半身をチェックした白石がつけ足す。

「下血もあるわ」

※ **ラインを取る**
血管から点滴や輸血のための道を確保すること。

「これ、エコノミークラス症候群なんかじゃないぞ」

藤川のひと言で、初療室には不穏な空気が流れはじめる。

海外からの旅行者だ。感染症の可能性もある。

橘がスタッフに告げた。

「いったん離れよう。マスクしてないやつ、マスクして。あとゴーグル。念のためプレコーション[※1]しっかりやろう」

スタッフが一斉にマスクやゴーグルをつけはじめるなか、緋山はつい自分の右の小指を見てしまう。そんな緋山を名取が気にする。二人の様子を見て、雪村は空港で何が起きたのかを察した。

「この患者、どこから帰ってきた？　空港に問い合わせてくれ。一応、感染症研究センターに連絡。検体採取して。送る準備しておこう」

指示を終えると、橘は一同を見渡した。

「誰も血液、体液、接触してないよな？　バイタル安定したらＩＣＵで様子見よう」

顔色が変わっていく緋山を、名取は茫然と見つめるのみだ。

灰谷はすでに退院し、勤務に復帰していた。まだ少し痛みはあるが動けないほどではない。それよりもスタッフみんなの腫れ物に触るような態度のほうが痛かった。

スタッフステーションに入ってきた看護師の広田扶美《ひろたふみ》に灰谷は声をかけた。

「確認だけど、岡本《おかもと》さんの採血ってオーダーしてあったよね？」

またかとうんざりしたが顔には出さず、広田は答える。

「はい。大丈夫です」

あ、そうだ！

一人の患者が気になると別の患者のことも頭に浮かんできてしまう。灰谷は携帯を取り出す。

「あ、白石先生、灰谷です。オーダーしたフェンタ[※2]なんですが……」

※1 プレコーション
スタンダードプレコーション（標準感染予防策）。病院などで人から人への病原性微生物の感染（院内感染）を防止する隔離予防策のひとつ。接触を最小限にするように、手洗い、手袋・マスク・ガウンなどの着用、器具、リネンなどの汚染防止などを実践する。

※2 フェンタ
フェンタニルのこと。鎮痛、疼痛緩和などの目的で使用する薬剤。

「フェンタは時間3ミリで大丈夫よ」

「すみません。ありがとうございます」

白石の声にはわずかながら苛立ちが感じられる。それはそうだろう。今日、白石に入れた確認の電話はこれで五回目だ。

朝、外来で診た十二歳の少年に対しても、痛みの原因がわからないことが気になって入院させてしまった。鉄棒から落ちて左胸を打ったそうなのだが、腹部にも痛みがあるらしい。レントゲンとCTを撮り、採血までしたのだが異常は見つからなかった。ただ、異常がないのに痛みがあるというのが気になり、そのまま帰すことができなかったのだ。


午後、灰谷は精神科の二宮のもとを訪れた。

ソファに座り、二宮と向かい合う。

前回の面談と同様、ドクターヘリが着陸ミスしたときの自分の行動を思い起こし、それを語っていく。

二宮はチェックシートにペンを走らせながら、怯える灰谷をやわらかな声でリードし、記憶を呼び覚ましていく。

「ヘリポートを走ってヘリに乗ります。……それで……僕が無線を切り替えました」

すかさず二宮が、「切り替えます」と訂正し、続けて補足する。

「現在進行形で」

「無線を切り替えます……」

「今のつらさは何点?」

「80くらいです」

目をつぶった灰谷は両膝に置いた拳を強く握りしめている。

「いいわよ」と二宮は優しく先をうながし、シートに手書きした灰谷の行動の〝無線の切り替え〟の部分に〝80〟と記す。

「僕は患者が重傷だとわかり、現場に……い、急ぐように言います」

声が震え、体も小刻みに震え出す。

「誰に?」

「……パイロットの……早川さんです」

「つらさは?」

ハッハッハッと浅い呼吸を繰り返しながら、灰谷が答える。

「90」

「よくできてる……続けて」

「急にヘリが激しく揺れて、気がつくと白石先生が目の前にいます。大丈夫と声をかけてくれて、一緒に前に走り出します。救急車の中に入ると患者さんはショック状態で、心臓マッサージを始めます」

さらに息が荒くなり、体も大きく震える。

「つらさは?」

「きゅ……95」

「そのまま、そこにいて。今あるイメージを持ったままで。どんな気持ち?」

「……彼を救いたいと思っています」

「体は? どんな感じ?」

灰谷は歯をガチガチ鳴らしながら、懸命に答えた。

「心臓が破裂しそうなほどドキドキして、震えが止まりません」

「大丈夫。とてもよくできてる……それから?」

「心臓マッサージする手を止めて、別の救急車に行きました……ます」

「つらさは？」

「80」

「目を開けて」

灰谷はおそるおそる目を開けた。

人形のように整った二宮の美しい顔が見える。

「すごくよくできてる。前回よりも詳しく話せてる。つらいかもしれないけどPTSDを克服するには、こうやって記憶をしっかりと整理することが大事なの」

呼吸も落ち着き、体の震えも治まってきた。膝の上の拳がほどけていく。

「記憶に触れても、今ここでは何も起きないでしょう？」

「……」

「記憶は危険じゃないし、あなたは無力じゃない。今日も最後まで逃げなかった……自信を持って」

不安をぬぐえないながらも、灰谷はうなずいた。

「え、また？」

「そうなの、灰谷先生……」

HCUに入った横峯は「灰谷先生」という言葉を発した看護師たちの会話が気になり、話しかける。

「どうしました？」

「灰谷先生に言ってくれません？」と広田が横峯に言った。

何をだろう……横峯はいぶかしむ。

「オーダー、何度も何度も確認してくるんですよ」

あ、それか……。

「わかりました。話しておきます」

横峯は看護師たちから離れ、デスクにいた名取の隣に座る。そこに血相を変えた雪村が駆けてきた。

「今、ICUで今朝の吐血の患者さんが亡くなりました！」

「！」

「西アフリカの各国を回っていたジャーナリストで、自然保護団体の取材で動物との接触もあったらしいです」

名取の顔色が変わった。そんな名取の様子を雪村がじっと見つめている。

患者の死亡を知ると、緋山は現場で患者の体内に入った針が自分の指にも刺さったことを申告した。すぐに勤務を外され、一般病棟の個室で血液検査の結果を待つことになった。

「結構ヤバいですよね。緋山先生……」

横峯はスタッフステーションのパソコンでエボラ出血熱について検索しながら、隣の藤川につぶやく。

『エボラ出血熱。西アフリカ地域に二〇一四年大流行。一万人超が死亡。発症後致死率50～80％。感染源はコウモリ、猿など――』

モニターを覗き込み、「エボラ？……ってマジかよ」と藤川も険しい表情になる。

「でも、緋山先生が針刺しなんてしますかね……現場でなんかあったの？」と横峯は後ろにいた名取と雪村を振り向く。

名取はハッとしたが、「……患者が痛みで覚醒して急に暴れたんだよ」と、その場は取りつくろう。

「そっか……」

「とにかく、なんでもないことを祈るしかないな」

横峯は神妙にうなずいた。

いたたまれなくなってスタッフステーションを出た名取を、雪村が追う。廊下に人けのないことを確認すると、声をかけた。

「名取先生ですよね、緋山先生に針刺したの」

名取は動揺を悟られまいとわざと軽く言う。

「なんだ、見てたの」

「やっぱり」

「え、言わせた？　うわー、雪村さんって怖いね」

「心、痛まないんですか？」

一瞬言葉に詰まったが、名取は「なんで？」と言い返した。「あの患者が感染症にかかってたのは俺のせいじゃない」

雪村は心のうちを見透かすようにじっと見つめる。その視線に、名取はつい声を荒げる。

「こんなの、普通ならただの針刺しのインシデント※報告ですむ話だ……それですむ話だったんだ」

雪村に指摘されるまでもなく、罪の意識に苦しみ、誰よりも緋山のことを心配しているのは、名取だった。


「すみません」

声をかけられて横峯が振り向くと、首にコルセットを巻いた大柄な男性が居心地悪そうに立っていた。

入院患者の緒方博嗣《おがたひろつぐ》だ。転落事故で頸髄《けいつい》を損傷し、現在はリハビリ中。担当医師だった緋山といい仲になりつつあるらしい。

「緋山先生は……」と緒方はスタッフステーションの奥をうかがう。「仕事のあとで会う約束をしてたんですけど、来ないから」

※ インシデント
患者に障害を及ぼすような医療事故には至らないが、日常の診療現場で重大な事故につながっていたかもしれない事態のこと。医療現場では一般的に「ヒヤリ・ハット」と呼ばれている。医療事故と同様に報告を求める制度を設けている医療機関もある。

「え……あ、今日ちょっと体調悪いとかで早めに帰りました」

横峯はとっさに言い、つくり笑いを浮かべる。

感染症の疑いで隔離されているなんて言えやしない。

「え、そうなの。だったらそう連絡しろよ。ひでえなぁ……って、あんたに言ってもしょうがないか」

「あ、じゃあ私から伝えておきますね」と横峯は出ていってしまった。

「いやいやいや、いいって。伝えなくていいから！　ねえ、ちょっと！」

その様子を名取が見ている。

「まったくもう」とぶつくさ言いながらスタッフステーションを去っていく緒方を追いかけて、声をかけた。

「緒方さん」

緒方は振り返り、微笑んだ。

「ああ、名取先生」

緒方は緋山から、名取のことは聞いていた。どうやら指導医である緋山に思いを寄せているらしく、自分にも何かと突っかかってくるのがかわいらしい。

名取は深刻な顔で、言った。

「緋山先生、今、B8の病室にいます」

「え……入院してんの。なに、病気？」

「……いえ、隔離されてるんです」

名取は一瞬迷ったが、はっきり言った。

「俺のせいで」

「……？」


横峯がICUに入ると、灰谷が広田に文句を言われていた。どうやらまた同じことを確認したらしい。騒ぎに気づいた白石が、「どうかした？」と奥から出てくる。横峯は担当患者のチェックをしながら、聞き耳を立てる。

白石は「ごめんなさい。こっちで話すから」と広田を遠ざけ、灰谷に顔を向けた。

「朝から何度も確認してる？」

「……」

「あなたのオーダーは合ってる。大丈夫よ」

「……でも……」

目を泳がせながら灰谷は自分の思いを口にした。

「もう自分のせいで人が死ぬのは嫌なんです」

「……」

「すみません。ＨＣＵ見てきます」

その場を去ろうとする灰谷に、白石は思わず声をかけた。

「灰谷先生」

灰谷が足を止めて振り返る。

「本当に、うっかり落ちたんだよね？……駅のホームから」

灰谷の視線がふっと落ちる。

「あのとき、一瞬思っちゃったんです」

「……？」

「……この一歩を踏み出せば楽になれるかなって」

「！……」

衝撃的な灰谷の告白は横峯の耳にも届いた。

去っていく灰谷の背中を、横峯は苦しそうな表情で見送った。

自分が無理やり入院させた少年、川田慎一《かわだしんいち》の圧痛が増している気がして、灰谷はベッドのそばを離れられなかった。何度、検査をしても数値に異常はないのに痛みがひかないどころか強くなっている。

イヤな予感がして仕方がない。

そのとき、隣の患者を診ていた名取の携帯が鳴った。ヘリが現場を発ったという連絡だった。名取は携帯を切り、初療室へ向かおうとする。しかし、灰谷は動かない。

「おい、ヘリ戻るぞ」

目を覚ました慎一の肌からうっすらと汗がにじみ出しているのだ。

「灰谷！」

「待って。やっぱりおかしい。冴島さん、エコーください。もう一度見ます」

冴島が足を止めて振り返る。

「おい……」

いい加減にしろと名取が怒鳴ろうとしたとき、突然、慎一のバイタルが乱れ、モニターが警戒音を発しはじめた。

「慎一くん!?　ショックだ」

名取は慌てて慎一のところに駆け戻る。灰谷は冴島から超音波診断装置の端子を受け取ると、急いで慎一の腹部に当てる。

「……腹腔内出血してる」

「輸液増やして」

名取の指示にうなずきながら、灰谷が言った。

「バイタル回復させて、CT行こう」


初療室からICUへ助っ人にやってきた横峯に言われて、灰谷はすぐに藍沢の携帯に連絡を入れた。CTの画像を見ながら慎一の病状を伝えていく。

「※1脾門《ひもん》部に※2仮性動脈瘤が見つかりました。これが破裂して出血してるんだと思います」

すぐに藍沢の声が返ってくる。

「こっちは今、※3AAA《トリプルエー》の患者の初療で手が離せない。※4動脈塞栓術《そくせんじゅつ》でいけるはずだ。放射線科にコンサルしろ」

「連絡しました。アンギオ室[※5]が空くまで一時間以上かかるそうです」

「……輸血して待て。こっちを血管外科に引き渡したらすぐに行く」

「わかりました」

電話を切ると、灰谷はその場の皆に言った。

「とにかく待つしかない」

※1 脾門部
脾臓の表面に位置し、血管や神経が出入りする部分。

※2 仮性動脈瘤
血管には内膜、中膜、外膜の三層構造を持つ壁があり、この三層が裂けて漏れ出した血液が周囲の組織を圧迫することによって形成されたコブのこと。

※3 AAA
腹部大動脈瘤のこと。大動脈が正常な太さの1・5倍以上のコブ状にふくらんだもの。おもな原因は動脈硬化。

※4 動脈塞栓術
血管造影検査の手技を用いて、経皮的に動脈内に挿入したカテーテルを通じ、動脈を人工的に閉塞させる放射線医学的な治療法。

※5 アンギオ室
血管造影室。

しかし、無情にもモニターが再び警戒音を鳴らす。冴島が確認して伝える。

「血圧75。ショックです」

「……再破裂だ」

ジャクソンリースを揉みながら、「ヤバいぞ」と名取が顔をしかめる。そしてすぐに冴島に指示を出す。

「急速輸液してください」

同時に横峯が広田に言う。

「輸血八単位お願いします」

慌てて※1FAST《ファスト》した灰谷の顔から血の気が引いていく。

「……出血が増えてる」

「もって十分だぞ」と名取が急かす。灰谷は再び藍沢に連絡した。

「藍沢先生、慎一くん再破裂してショック状態です。誰か来てもらえませんか!?」

「あと十五分はかかる」

会話を聞きながらずっと何かを考えていた横峯が、灰谷と名取に言った。

「※2REBOA《レボア》入れるのはどうかな?」

「子供に？　まだ十二歳だよ？」と灰谷が首を横に振る。

「一番細いカテでいけない？」

会話を聞いていた藍沢が携帯越しに口を挟んだ。

「悪くない。やってみろ。迷ってる時間はない」

「やるしかないか」

横峯は名取にうなずくと、冴島に顔を向けた。

「7フレンチの大動脈遮断バルーン用意してください」

「はい」と冴島が準備にとりかかる。

「そんな……」と灰谷は焦り出した。「僕らだけじゃ無理だ」

恐怖にのみ込まれそうになっている灰谷に、横峯が言った。

※1 FAST
お腹の中や心臓周囲、胸の中に出血があるかどうかを確認する超音波検査のこと。救命救急でよく使用される。

※2 REBOA
大動脈内バルーン遮断。外傷性重症患者に対して行う蘇生処置法。大腿動脈から下行大動脈にバルーンカテーテルを挿入し、腹腔動脈分枝部より中枢側で大動脈をバルーンで遮断する方法。

「今死ぬよりよくない？　もう自分のせいで誰かが死ぬのはイヤなんでしょう!?」

救急医としての真っすぐな視線を向けられ、灰谷も腹をくくった。

「……わかった」

横峯はうなずくと、処置にかかる。しかし、すぐに穿刺《せんし》しようとしたその手が止まった。拍動が小さすぎて動脈の位置がわからないのだ。

「血圧下がってます。このままだとアレスト※に」

状況を伝える冴島に、横峰はわかってますとうなずきながら、どうにかしてカテーテルを入れようとするがうまくいかない。

「どうしよう……」

横峯が絶望的な声を漏らしたとき、名取が口を開いた。

「俺にやらせてくれ」

でも、どうやって……？

「カットダウンしてみる。血管を露出させて直接穿刺する」

そんなことができるのか……半信半疑でいる灰谷とは対照的に、横峯はすぐに場所を譲った。

名取は大きく深呼吸し、冴島に言った。

「メスください」

集中し、手を動かす。失敗するかもしれないなどという余計なことは一切考えない。

ただ、ひたすら目の前の患者を救うことだけに集中する。

灰谷と横峯がそんな名取をフォローしていく。

いつしか、憧れだった先輩たちのようなコンビネーションが生まれていることにも気づかずに……。

「血圧100まで上がりました」

冴島の声を聞いた瞬間、三人の体から一気に力が抜けた。


穏やかに眠りについている慎一のベッドの前には、灰谷、名取、横峯がいる。モニターの数値を見て、三人はようやく人心地がつく。そこに藍沢がやってきた。

「どうだ」

※ **アレスト**
心停止のこと。

「安定しています」と名取が答える。

藍沢は三人を見回すと、言った。

「よくやった」

思ってもみなかった言葉に、三人は驚く。

「灰谷は慎一くんの痛みの原因を注意深く観察した。だから異変に迅速な対応ができた。横峯のREBOAの発想は患者が助かる可能性を見いだした。名取にはカットダウンのスキルがあった。REBOAの挿入に成功し、俺たちが来るまで命をつなぐことができた」

藍沢の言葉を聞きながら、三人はがむしゃらのうちに過ぎた時間を思う。

「お前たちは全員、動脈塞栓ひとつ満足にできない半人前だ。だが、三人そろうことで十二歳の子供の命を救った」

「……」

「お前たちが駄目だと言っているんじゃない。救命はチームだと言っているんだ」

無我夢中で手を動かしながら、自分たちはたしかに一つのチームになっていた。言葉を交わさずとも相手のやりたいことがわかり、一方で自分のしたいことを伝えられた。

三人は藍沢に大きくうなずいた。

感染症研究センターから緋山と死亡男性に関する検査結果が届いたのは、その日の昼すぎのことだった。

二人はどんな感染症にも罹患していなかった。そこで男性は猛毒を持つクサリヘビに噛まれたのが死因ではないかと推測された。噛まれるとあちこちの粘膜から出血し、エボラ出血熱のような感染症によく似た症状を引き起こすのだ。

スクラブ姿で救命センターに戻ってきた緋山に、名取は歩み寄った。

「俺……」

それ以上は言うなと緋山は名取を手で制した。

「気にしなくていい。なんでもなかったんだから」

「でも……」

少し考えてから、緋山が話しはじめた。

「私がいた周産期医療センターにね、小児外科が併設されてるんだけど、そこの小児科医がこんなこと言ってた。子供はよくケガをするけど、そのぶん、治りも早い。それは何度もケガをすることで痛みを知るためだって。それで他人の痛みも理解できるようになる。だから、治るケガならたくさんしたほうがいいって」

「……」

「あんたは駆け出しの医者。そしてこれは、治るケガ」と緋山は小指を立ててみせる。

「だから、気にしなくていい」

自分を思いやるあたたかい言葉に、抑えていた本音が涙とともに名取の口からあふれ出た。

「……緋山先生が死ななくてよかった」

子供のように顔をクシャクシャにした名取に、緋山はウルッとしてしまう。

ホント、面倒くさい子だわ。

「ICUでフェローだけでREBOA入れたんだって？　カットダウンして」

「は、はい」

「救命医デビューだね。おめでとう」

肩をポンと叩くと、緋山は去っていった。

あ……俺、認めてもらったんだ……。

こんな俺でも……救命医でいて、いいんだ。

緋山が触れた肩が熱い。

涙で頬を濡らしながら、名取は緋山の背中に向かって大きくうなずいた。


バス乗り場のベンチで一人、灰谷がバスを待っている。正面玄関から出てきた横峯が、気づいて歩み寄った。

「今日は帰るの？」

「あ」と灰谷が顔を上げた。「うん」

「夜通し薬のチェックするのはやめたんだ」

「……自分が不安でやってただけだから」

「そっか」と横峯は隣に座ると、スマホをいじりはじめた。灰谷は前を向いたまま黙っている。バスはまだ来ない。

しばらくして、横峯が口を開いた。

「悩んでるなら言ってよ。同期でしょ？」

怒ったようなその口調に、灰谷は少し驚く。

「前の病院にも同期はいたけど、全然違う。前はただタメ口で話せたり、面白いことあったら一緒に笑ったり」

「ここは？」

「ここは……なんかほら……」と一瞬、考えると、勢いよく言った。

「同期!!って感じ」

相変わらずの横峯ワールドに灰谷は思わず笑ってしまう。

「言い方の問題？」

「違うよ！　なんか……うまく言えないんだよ。とにかく……」

「……うん」と灰谷は横峯を見つめる。横峯は照れたように目をそらすと、言った。

「つらいときは、頼ってほしい」

まさか横峯の口からそんな言葉が出るとは思ってもいなかったので、灰谷は驚いた。

「たまたま同じタイミングでここに来たってだけの関係だけど、現場での緊張とか何もできない歯がゆさとか、同じように味わってる。名取先生だってそう。その気持ちがわかるのは、私たちだけ」

そう言って、横峯は灰谷に視線を戻した。

「三人だけ」

灰谷は黙ってうなずいた。

5

ヘリポートに駐機中のドクターヘリに向かって、灰谷が重い足どりで近づいていく。

隣にはぴったり寄り添うように二宮の姿がある。

スライドドアを開け、灰谷が機内に乗り込む。

ヘッドセットをつけると、フットペダルを踏んだ。

大きくひとつ息を吐いて、口を開く。

「こちら翔北ドク……」

頑張ってもそれ以上言葉が出てこない。一気に呼吸が荒くなる。思わずフットペダルから足を離してしまう。

開け放たれたドアの外では二宮が見守っている。

灰谷はもう一度フットペダルを踏んだ。

「こちら翔北ドクター……」

内側から自分を破壊するかのように心臓が激しく鼓動を打つ。

ハッハッハッハッハッハッハッハッ――。

無理だ。

ふたたびフットペダルから足が離れた。

「ゆっくり息を吐いて」

そう言いながら、二宮は灰谷の背中にそっと手を当てた。

「大丈夫」

徐々に灰谷の呼吸が落ち着いてくる。

やっぱり、できなかった。

フラッシュバックこそ襲ってこなかったが、無線で話そうとするだけで体が拒否反応を示し、言葉が出てこない。

落ち込んで、茫然としている灰谷に二宮は言った。

「無線の連絡はうまくできなかった……でも、今、それで誰かが死んだ？」

灰谷は少し考え、「いえ……」と首を振る。

「あなたのせいで苦しんでいる人はいない。患者の死とは直結しないの……わかる？」

灰谷は二宮に目をやり、小さくうなずいた。

横峰は精神科面接室を訪ねた。

やわらかな空気をまとう二宮に身を委ねたくなり、無邪気に質問を投げかける。

「それで、灰谷先生は回復にはどれくらいかかるんでしょうか？」

横峯に向けられていた二宮の視線が一変する。

ふっと乾いた笑いを浮かべて、低い声で冷たく言った。

「外科医らしい質問ね」

「え……？」

「十二指腸が破れたら？　結紮して穴をふさぐ？　損傷が激しくてそれがむずかしければ？　小腸を使って再建？　外科医にははっきりとした答えがあるものね」

「……」

「PTSDはね、今日できたことが明日にはまたできなくなることもある。それに何のきっかけもなく突然フラッシュバックが起こる可能性だって十分あるの」

「……」

面接室のドアの前に立った名取はノックしようとした手を止め、漏れ聞こえる声に耳をすませる。

「いつ回復するか、私にはわからない。私の治療に不安があるっていうなら別の精神科医を紹介する」

「……いえ。すみません。不用意な質問でした」

二宮はにっこりと微笑む。

「灰谷先生をよろしくお願いします」

深々と頭を下げ、横峯は部屋を出ようとした。その背中に言葉を当てるように、二宮が話しかける。

「PTSDの患者にさせないほうがいいこと」

横峯が立ち止まる。

「つらい記憶を忘れさせること」

そのまま横峯は黙って聞いている。

「治療のために必要なこと」

ドアの向こうでは名取が耳をすましている。

「計り知れない苦痛や恐怖、それらに圧倒されることなく体験を思い出せるようになること」

振り向いた横峯に、二宮は言った。

「その助けになってあげて」

名取はそっとドアの前から立ち去った。

横峯は二宮に一礼し、面接室をあとにした。


白石との面談で、灰谷はヘリ担当から外れることになった。

医師を目指したときからドクターヘリに乗るのが夢で、その夢に手が届きかけたと思ったのに、自分はそんな器ではなかった。

ドクターヘリの機体に触れながら、灰谷は悔しさの余りに唇を噛む。

自分はもう二度とこの翼で飛ぶことはできないのだろうか……。

灰谷は目を細めてヘリの白い機体を見上げると、ヘリポートから去っていった。


ホットラインが鳴った。

「千原消防よりドクターヘリ要請です。千葉新都市地下鉄開通前の線路内にて崩落事故発生。負傷者多数です。子供も含まれているようです」

白石は初療室のホワイトボードに状況を走り書きする。

『地下鉄崩落　局所災害　負傷者人数＝？』

「ヘリが戻ったら私も行きます。緋山先生と名取先生もお願い」

「わかった」と緋山がうなずく。

「横峯先生と灰谷先生、雪村さんもそのあと来て」

横峯と雪村が「はい」と返事をするなか、灰谷の目が泳いでいる。それに気づいた橘が「白石」と灰谷を目で示す。白石はハッとした。

「……灰谷先生は残って」

「……すみません」


蒔田中央駅はホームが地下一階と地下二階に分かれた二層構造の地下鉄駅だ。崩落事故はその地下二階部分で起きていた。まだ開通前で地下鉄は運行していなかったが、運の悪いことに今日は開通記念のトンネルウォークが開催されていたのだ。

親子連れを中心とした参加人数は約三百人。そんな大勢の人たちが線路上を歩いているさなかにトンネルが崩落し、土砂が降りそそいだのだ。

次々と入ってくる状況報告に初療室で待機している灰谷は焦りを覚える。

今、事故現場には助けを求める大勢の負傷者たちがいる。こんな自分にだってできることがあるはずだ。

なのになぜ、自分はここにいるんだ……。

しばらくすると、初療室に大腿骨骨折の患者が運ばれてきた。

それを見て灰谷は頭を切り替えると、治療に臨んだ。

自分にできることは全力で目の前の患者を救うことだけだ——。

橘の携帯に白石から連絡が入った。電話を切った橘は灰谷らスタッフに険しい顔を向けた。

「また崩落が起きた。藤川と連絡がつかないらしい」

藤川先生が!?

そんな……。

ショックを受けたスタッフを見て、「じき様子がわかるだろう」と橘はあえて軽く言った。

すぐに治療に戻って、つぶやく。

「どうも変だな。血圧が上がってこない。どこかまだ出血してるのかもしれないな」

「血管造影※してみますか」と灰谷が橘に提案する。

「頼む」

すぐに灰谷は初療室を出る。歩きながら携帯で放射線技師に連絡を入れる。

「患者は十分後に入室ですね？　僕、そっちに行って準備します」

スタッフステーションのテレビが崩落事故のニュースを伝えている。灰谷は思わず足を止めて振り向いた。

『……とり残されているケガ人が多数いて、中には小さい子供も含まれているということです。現場では懸命な救出活動が続いています』

灰谷は自分への苛立ちを抑え、血管造影室へと足を速めた。

※ **血管造影**
通常のレントゲン撮影では写らない血液や臓器などの状態を見るため、血管内にカテーテルを挿入して、造影剤（X線を通さない薬剤）を注入しながら撮影し、診断を行う検査法。

その頃、名取は緋山とともにトンネル内に閉じ込められた状態のもと、瀕死の妊婦、村岡《むらおか》ひとみの処置を行っていた。すでに対光反射[※1]も自発呼吸もなく、蘇生の可能性はなかったが、今、帝王切開すれば赤ん坊を助けることができる。

しかし、そのためには彼女の夫の許可が必要だ。緋山は妊婦の心臓マッサージをしながら、そばで見守っている夫にそれを伝えた。

夫、正朗《まさあき》の答えは信じられないものだった。

「子供はいいです」

緋山は両手を動かしながら、驚きの表情を村岡に向ける。

「……一人で育てるなんてできない……無理です」

「このまま赤ん坊を死なせろっていうんですか？」

「そうじゃないです。そうじゃないけど……」

そのとき、もう一人の負傷者、黄色タグ[※2]の消防隊員の容体が急変した。

「緋山先生、痙攣してます！」と名取が叫ぶ。

「鎮静して。呼吸が弱くなるようなら挿管も」

「はい」

名取に処置を任せると、緋山は村岡に向き直った。その視線を避けるように、村岡はうつむく。

「いつだって彼女が決めてきた。俺は何も決められない。俺に子供の人生なんて決められない……」

緋山は心臓マッサージを続けながら母親の大きなおなかに目をやると、泣き出してしまった村岡に話しはじめた。

「この崩落事故で、わかっているだけでもう七人亡くなってます。ひどい事故です。お腹の中のお子さんはそんな不幸を生き延びた。私たちにはその生き延びた命を救う方法があります。でも、あなたの許可なくひとみさんの体にメスを入れることはできません。わかりますか? あなたの許可がないと、この子供は死んでしまうんです」

※1 対光反射
目に光が当たったとき、瞳孔が収縮する反応。この反応がないことは、死の判定基準のひとつになっている。

※2 黄色タグ
災害などで多数の傷病者が同時に発生した場合、傷病者の緊急度や重症度を判定し、治療や搬送の優先順位を決める際に、傷病者につける認識票をトリアージタグという。このタグの先端の色で、治療の優先度を示す。黄色は「すぐに処置しなければ命に関わるというほどではないが、搬送して治療する必要のある患者」を表す。

村岡は弱々しく首を振る。

どう言えば説得できるのだろう……緋山が思案していると、名取が口を開いた。

「多分あなたは、今まで自分の人生に真面目に向き合ってこなかった」

消防隊員に処置を施しながら、名取は淡々と話す。

「人生の困難な決断をしなければならないとき、きっと誰かに背負わせてきた。そうすれば失敗も責任もないから」

俺もそうだ。

総合病院の経営者兼院長である父親には逆らえないとあきらめ、敷かれたレールの上を歩いてきた。自分の決めた道じゃないからと、医師という仕事にも真剣に向き合ってこなかった。

「奥さんは親になる重圧や恐怖をあなたの分まで二人分、背負って決めてきたはずです」

「……」

「でも、もう奥さんはいません」

「……」

「子供の人生じゃない。あなたの人生をあなた自身で決めてください」

自らに問うように、名取は村岡に言った。

村岡は混乱しつつも、名取の言葉に押されるように決断した。その重さに、再び涙があふれてくる。

「……ひとみ……ひとみ、ごめん……子供……助けてやってください」

絞り出すような村岡の決意に、「わかりました」と緋山はうなずき、すぐに帝王切開の準備を始めた。


連絡が取れなかった藤川は、下半身が大量の瓦礫の下敷きになっていた。

瓦礫を除去するにはまだ時間がかかりそうだ。藍沢と冴島が発見し、懸命に治療に当たっている。冴島は婚約者である藤川の危機に取り乱しながらも、必死に手を動かしていた。

横峯は同じ場所で負傷したレスキュー隊員の佐藤文彦《さとうふみひこ》の応急処置を終えた。仲間のレスキュー隊員たちが担架を持ち、横峯と雪村がそれを挟むように付き添う。

暗いトンネルに懐中電灯の明かりが揺れる。佐藤の意識を保つために、横峰は会話をうながしていた。

「ドラマ見てレスキューになったんですか？」

「そう。このオレンジの救助服に憧れてね」と佐藤は汚れた自分の服を指さす。

「横峯先生、一緒ですね」と雪村が笑う。

「え、先生も？」

「私もドラマ見て、青いスクラブに憧れて救命医になったんです」

　顔を輝かせながら横峰は答えた。

「……なんか、それでいいのって思いますけど」と雪村が軽くツッコむ。

「いいんじゃないですか。親戚とかに受けがいいんですよ。フミくん、持ってる服で一番似合うって。甥っ子なんか俺のこと、戦隊モノのヒーローかなんかだと思ってて、かわいいんだ……」

　話しながら佐藤は「ふわあぁ」と生あくびをすると、意識を失いはじめた。

「佐藤さん!?」

　異変に気づいた雪村が、大声で呼びかける。

「レベル低下!!」

　横峯はレスキュー隊員たちに担架を下ろすよう指示すると、ハサミを取り出してオレンジのユニフォームを切り裂いた。

「雪村さん、エコー！」

思った以上に深刻な状態だった。横峯はトランシーバーで藍沢に連絡した。

「左の血胸です！　ドレーン入れましたが出血が続いてます」

「開胸して出血点を探せ」

藍沢の声に、横峯は固まった。

こんなところで開胸……!?

トランシーバーの向こうでは藤川の状態が悪くなっているようで、すぐに通信は切られてしまった。

「開胸しますか？」と雪村が横峯に尋ねる。わずかに意識を回復した佐藤が絞り出すように言った。

「大丈夫っすよ、先生」

横峯は、懐中電灯のわずかな光が照らす以外は闇に包まれた周囲を見渡して、迷う。

「ここで開けて出血点が見つからなかったら、かえって危ないわ。輸液全開にして」

雪村に指示すると、横峯はレスキュー隊員たちに声をかけた。

「このまま運びます」

大腿骨骨折の患者、山田《やまだ》は血管造影でも特に異常は見られなかった。にもかかわらず、ICUでの治療中に心室細動[※1]を起こしたのだ。迅速な処置でどうにか症状は治まったが、灰谷にはどうも解せず、とベッド脇でその原因を考え続けている。

心臓外科医からは心筋に問題はないと言われた。だとしたら一体……？

そのとき、血液ガスの結果を見ていた広田が、「先生」と声を上げた。

「乳酸値上がってます！　アシドーシス[※2]も進行してます！」

「！……炭酸水素ナトリウム持ってきて」

広田に指示を出し、灰谷は再び各種検査結果に目を通す。

「何か、何かあるはず……」

数値におかしなところはないかと探していた目が、ふとベッドの下に置かれた尿バッグをとらえた。尿の量が少なすぎるのだ。

「ほとんど出てない……急性腎不全？」

灰谷はパソコンに飛びついて、血液検査の結果をもう一度確認する。

「高ミオグロビン血症[※3]……アシドーシス……横紋筋《おうもんきん》融解[※4]……」

もしかして……。

ある一つの答えが頭に浮かび上がる。灰谷は急いで山田の体を確認した。腹部に小さな熱傷を発見して、「やっぱり……」とつぶやく。

レスキュー隊員、佐藤を運ぶ担架が暗いトンネルを行く。佐藤の呼吸はかすかで、症

※1 心室細動
心臓が細かくけいれんして心臓のポンプ機能を果たせなくなり、有効な血液の拍出ができていない状態。

※2 アシドーシス
正常時、動脈に流れる血液は水素イオン濃度（pH）が7・35〜7・45の間に保たれているが、なんらかの原因でpHが7・35以下になっている状態のこと。

※3 高ミオグロビン血症
なんらかの原因によって、筋肉中にあるミオグロビンというタンパクが血中に溶け出してしまう症状。

※4 横紋筋融解
なんらかの影響で骨格筋細胞が壊死《えし》、融解して筋細胞内の成分が血液中に流出し、さまざまな臓器に影響を与える症状。

状が悪化しているのは明らかだ。脈を診ていた雪村が横峯に告げる。

「橈骨《とうこつ》動脈の触れ、弱いです」

どうにか励まそうと、横峯は前方に小さく見えてきた光を指した。

「佐藤さん、見て。駅の明かりが見えてきました。もうすぐですよ」

「……先生、お願いがあるんだけど」と佐藤が横峯に視線を向ける。「もし……俺、助からなかったら、この、肩につけてるやつ、うちの甥っ子に渡してやって」

「え……」

「すごく欲しがってたから」

「やめてください……」

かすかな息のもとで、佐藤は続ける。

「……先生、どんなかたちでもさ、憧れから仕事を選ぶって、俺は正しいと……思ってるよ」

そこまで言うと、佐藤は力尽きたかのように意識を失った。

「佐藤さん！」

「血圧60です！」と雪村が叫ぶ。

「挿管して開胸します。喉頭鏡※、８フレンチのチューブ、消毒、それとメスください！」

横峯はすばやく胸を開いたが、危惧していたとおり、懐中電灯だけではやはり光量が足りず患部がよく見えない。焦りと恐怖で視界もせばまる。

「出血点がわからない」

血はあとからあとからあふれ出てくる。

「頸動脈触れません」と触診していた雪村が告げる。

「待って。なんで……」

横峯は出血点を見つけることをあきらめて心臓マッサージを始めた。しかし、佐藤の心拍は戻らない。

「自発呼吸なくなりました！」

※ **喉頭鏡**
喉頭（のどぼとけがある部分）を観察するために使用する器具。

「佐藤さん！　ダメです。今日のことも、ちゃんと自分の口から甥っ子さんに話してあげてください」

「瞳孔も散大[※1]してます」

横峯は必死で手を動かして、佐藤に訴える。

「あなたを見て甥っ子さんは消防士になるかもしれない。すごいですよね、そんなことになったら。うれしいでしょ？　だから目を開けて、佐藤さん！」

しかし、佐藤が横峯の声に応えることはなかった。

初療室で崩落現場から搬送されてきた患者の治療を終えようとしていた橘のもとに、灰谷が「山田さんなんですが」と飛び込んできた。

「どうした？」

「VF[※2]の原因は横紋筋融解による高ミオグロビン血症、高カリウム血症でした。山田さんは事故現場で感電したんじゃないかと……」

「電撃症[※3]か……あり得るな」

「全身をチェックしたら腹部に小さな熱傷がありました」

「造影ＣＴはやったのか？」

「やりました。腹壁と上行《じょうこう》結腸※4に壊死が見られました」

「となるとすぐに手術しないとまずいぞ」

「オペ室確保しました。三十分後に入れます」

橘は手袋を外しながら、ヘルプで来てもらったほかの科のスタッフに言った。

「この人はＩＣＵで様子を見て。ご家族への連絡も頼む」

「わかりました」

※1 瞳孔散大
本来は2・5～4ミリほどの瞳孔が、5ミリ以上に開いていること。意識障害が進行し、重篤あるいは死亡していることを表す。

※2 VF
心室細動のこと。

※3 電撃症
電気が体の表面や体内を通ることによって生じるさまざまな症状。

※4 上行結腸
大腸の大部分をなす結腸の部位。体の右側に位置する。

初療室を出ようとして、突っ立っている灰谷をうながす。

「おい、行くぞ」

「え？」

「お前もオペに入れ。よく気づいたな」

灰谷の顔がパッと輝く。

「はい！」


藤川に覆いかぶさっている瓦礫の除去は難航した。

右脚の血行が途絶え、このままでは切断か……という最悪のシナリオが頭をよぎる状況のなか、藍沢は意を決したように言った。

「瀉血※する」

血液の遮断を解除し、脚に流れた血液は心臓に戻さずにそのまま体外へ排出することで、血流を循環させるという方法だ。すでに血圧が下がっている状態で行うため非常に高いリスクを伴ったが、藍沢の的確な処置により、藤川は右脚を失うことなく、湘北へ搬送されたのだった。

今、重傷者はすべて運び出され、蒔田中央駅の地上に設けられた災害対策本部は一時間前の喧騒がうそのように静まり返っている。

しかし、時の巻き戻しはできない。

わずか一時間ほどで、ここにいた多くの人たちの人生が変わってしまった……。

※ **瀉血**
血液を外部に排出させることで症状の改善をはかる治療法。

6

地下鉄駅トンネル内崩落事故から二日後。

リハビリルームでは何人かの患者が思うようにならない体を懸命に動かしている。そんな彼らを見ながら灰谷が進んでいく。灰谷の姿に気づいた理学療法士が近づいてきた。

「カンファレンスの資料です」

灰谷は手にした書類を彼女に渡した。ふと奥のほうに美央の姿があるのに気づいた。

彼女は、歩行練習用のバーを支えに、ゆっくりと一歩ずつ歩を進めている。

顔にうっすらと汗を浮かべ、歯を食いしばり、美央は歩く。真ん中あたりまできたときバーを握っていた指が開かれた。おそるおそるバーから手を離す。

「!……」

薄い氷の上を歩くように美央は慎重に一歩を踏み出す。そしてまた一歩、二歩。と、美央の体がグラッと揺れた。転倒する寸前で、美央は慌ててバーをつかんだ。

美央の様子に気づいた療法士が、書類を手にしたまま駆け戻った。

「あんまり無理しすぎないでください」

肩でぜいぜい息をしながらも、美央はうなずく。

「一回休もう」

「でも……やっとなんです」

「？」

「やっと、泣かなくなってきた」

立ち去ることができずに、灰谷は美央が療法士に向ける言葉に耳を傾ける。

「カレンダーをね、塗ることにしたんです。どうしようもなく悲しくて泣いてしまった日は青。どうにか泣かずに過ごせた日は黄色。笑えた日は赤……」

「……」

「最初のひと月は真っ青でした。でも先週は黄色が二日あった。今週は三日……やっと真っ青じゃなくなった」

「……」

「今、止まったら後戻りしちゃいそうな気がして。だから無理したいっていうか」

そう言って、美央は療法士をうかがう。

「ダメですか?」

「いえ」と療法士は首を横に振る。「赤く……赤く塗れる日が来るまで頑張ろう」

「はい」と美央は微笑んだ。

「あ……」

私、今……笑った……。

「初めての赤です」

もう一度、今度は本当にうれしそうに微笑む美央を見て、灰谷は胸がいっぱいになる。

廊下のガラス壁越しに駐機しているドクターヘリが見える。それを眺めながら灰谷は大きなため息をついた。もうあの場所には戻れないのだろうか……自分が心底情けなくなる。

愛する人を理不尽に失い、心と体に大きな傷を負った美央でさえ、立ち直ろうとしているのに……。

少し離れた場所から同じようなため息の音が聞こえ、灰谷は振り向いた。廊下のソファに白石が座っていた。

「……白石先生」

白石は灰谷に曖昧な笑みを浮かべる。「お疲れさま」

「……お疲れさまです」

白石はソファから腰を上げると、灰谷のほうへと歩いてきた。

「聞いたよ。電撃症見抜いて患者さん助けたんだって？　すごいじゃない」

「……現場に行けないから病院にずっといた。それだけです」

「そっか……」

灰谷は再びヘリに目をやると、寂しそうにうつむいた。

「どうしたの」

「……ドクターヘリで駆けつけて、たくさんの人の役に立つ。そんな医者になりたくて、僕はここに来ました」

「うん」

「なれるんでしょうか？」

「なれるよ」

「簡単に言わないでください。白石先生には絶対にわかりません」

できそこないの医者の気持ちなんか、あなたにはわからない。

そう決めつけるように灰谷は言った。

「今回の崩落事故でも、四つの病院から駆けつけた二十人以上の医師、三十人以上のナース、それに消防や救急隊員……百人を超える人たちを指揮したって聞きました。白石先生みたいにできる人間に、できない人間の気持ちはわかりません」

「……できる人間か……本当にそうだったらいいんだけどね」

自嘲気味のつぶやきに、灰谷は怪訝な表情になる。

「私のせいで藤川先生は命を落としかけた。冴島さんは大切な人をまた失うところだった……」

どれだけ人を救おうとも、事故や災害現場で医師が味わうのは充実感などではなく、圧倒的な徒労感と敗北感だ。あの崩落事故からまだ二日しか経っていない。

まだ癒えずに血をにじませている白石の心の傷に触れ、灰谷は反論できなくなる。

白石はガラス壁のほうへ顔を向けて話を続けた。

「私ね、灰谷先生と同じフェロー一年目のとき、大きなミスをしたの。取り返しがつかないミス。そのせいで信頼する同僚に尊敬する指導医の腕を切り落とさせることになった。それで何もかもが嫌になった。仕事ができない自分も、肝心なときに臆病になる自分も、現実を直視できない弱い自分も」

　僕と一緒だ……。

「医者もやめようと思った」

　白石の言葉に灰谷は驚く。

「でもそんなとき、みんながそばにいてくれた。頑張れって励ますわけでもなく、大変ねと同情するわけでもなく、ただ、そばにいてくれた。それで私は現場からも患者さんの前からも逃げずにすんだ」

「……」

「灰谷先生」と白石は再び灰谷に顔を向ける。「あなたのそばには同じように医師として自分の人生に悩む同僚たちがいる。あなたに救われて感謝している患者さんもいる。そして、あなたの成長を楽しみにしている指導医もいる。それは私」

　白石は灰谷を見つめ、懸命に訴える。

「あなたは一人じゃない」

「……」

「だから、ゆっくりでいい。焦らずにあなたなりの歩き方で医者になって。灰谷先生はきっと、人の役に立つ医者になる」

真っすぐな言葉が、灰谷の心に響いていく――。

横峯が渡り廊下のベンチに座り、ぼんやりとスマホを見ている。雪村が来たのに気づかず、顔を上げない。雪村が背後からそっとスマホを覗き込んだ。

『佐倉消防レスキュー隊員、佐藤文彦さん、救助活動中に土砂に巻き込まれ死亡。仲間の励ましも虚しく、駅到着まで二十メートルのところで息を引き取る』

ネットニュースを見ながら、あのシーンを繰り返し頭の中で再現しているのだろう。

雪村はどんな言葉をかけていいのかわからず、横峯の手からスマホを奪い取った。横峯がゆっくりと顔を上げて雪村を見た。

「勤務時間中はスマホを見ない。学生アルバイトかっつーの」

そのとき、相談室から藍沢が出てきた。廊下に二人の姿を認め、足を止める。

「もう少し早く胸を開けていたら佐藤さんは生きて甥っ子さんに会えてたかもしれない。でも、怖くて。早く駅のホームまで運ぼうって。そうすれば誰かほかの医者が助けてくれるって」

まるで懺悔をするかのように横峯の口から言葉があふれ出る。

「相変わらずの思い上がりだ」

藍沢の声に横峯は振り向いた。

「佐藤さんはもともと上行大動脈※にコブを指摘されていたそうだ。そこに今回の事故が重なった。早い段階で開胸したとしても助かることはない。自分のせいで死んだなんて思い上がりもいいところだ」

「……」

「医者はしょせん助かる命しか救えない。手の施しようのない患者を神のように救うことなんてできない。救える命を確実に救う。そのために日々学んでいる」

「……」

「それは俺も同じだ」

藍沢の言葉に横峯はじっと耳を傾けている。その横顔が悔しさにゆがみ、そして小さ

※ **上行大動脈**
心臓の左心室から出た大動脈の最初の部分。上方に向かっている。

くうなずくのを、雪村はそっと覗き見ていた。

翌日。

灰谷は精神科面接室の前にいた。ためらいつつもノックする。

「はい」

ドアを開けて中に入る。デスクで何か書き物をしていた二宮が振り返った。

灰谷の表情を見て、二宮は彼の目的を察した。何も言わずに、言葉を待つ。

「二宮先生……」

灰谷は噛みしめるように言った。

「ヘリに……乗りたいです」

二宮は黙ったまま、その覚悟を測るように灰谷を見つめる。

灰谷は目をそらさない。

彼は恐怖に立ち向かい、一歩を踏み出す決意をしたのだ。

大丈夫よ。

あなたはきっと、大丈夫。

そう思いを込めて、二宮は微笑んだ。

フライト担当を告知するボードの前に、浮かない顔の横峯が立っている。医局に入ってきた名取は、ドアを閉めると声をかけた。

「どうした？」

「ヘリに乗りたいって言ったんだって」

横峯の視線の先には灰谷の顔写真がある。

「そっか……」

自席に戻った横峯に、名取が言った。

「うれしくなさそうじゃん」

「……まだ、フラッシュバックを起こす可能性も……」

「……」

「それでまた何かあったら……」

名取はチラッと隣の灰谷のデスクに目をやる。

「……」

あくる日、灰谷はさっそくフライトドクターに指名された。灰谷の決意がにぶる前に、という白石の配慮だった。

灰谷、名取、横峯、雪村――それぞれが落ち着かないまま勤務をこなし、そろそろ昼になろうかというとき、ホットラインが鳴った。

『上総北消防よりドクターヘリ要請です。岳来山を登山中に足を滑らせ二名転落。一名は頭部を強打して意識障害あり。もう一名は胸痛を訴えており、ショック状態です』

フライトスーツ姿の灰谷がパソコンに向かい、それを聞いている。

「……」

同じくヘリ担当の雪村が灰谷に目をやる。動かないのを見て、あきらめたようにスタッフステーションから駆け出していく。

名取と横峯はじっと灰谷をうかがっている。

横峯は声をかけたいが、言葉が思い浮かばない。

トランシーバーから町田の声が流れてきた。

「ドクターヘリ、エンジンスタート」

名取が灰谷に向かって、軽い口調で言った。

「今日のヘリ担当、お前だろ？」

灰谷はモニターを見つめたまま、動こうとしない。

「行けよ」

「……」

「ここには俺たちがいる。先輩たちもいる。現場でどうしていいかわからなくなったら、とりあえず連れて帰ってくればいい」

「……」

「そう」

横峯の声に、灰谷はようやく視線をモニターから外して振り返った。

「みんないる」

灰谷は小さくうなずくと、立ち上がった。

勢いよく駆けていく灰谷の背中を、名取と横峯が見送っている。

頑張れ……！

緋山を現場に残し、ヘリは頭部に外傷のある負傷者を乗せ、翔北へと向かった。早川からの連絡を受け、名取と横峯が初療室へ駆け込む。

「翔北到着まであと三分です」

「CS了解」

灰谷はジャクソンリースを揉みながら早川と町田のやりとりを聞いていた。次は自分が患者情報を伝える番だと背後の無線切り替えスイッチを振り返る。途端に心拍が跳ね上がり、内側から自分を殴りつけてきた。手足が震え、呼吸も荒くなってくる。

そんな灰谷の様子を、対面に座った雪村が心配そうに見守っている。

大丈夫だ……大丈夫……。

灰谷は自分にそう言い聞かせると、消防無線から医療無線へと切り替えた。右足をおずおずとフットペダルに乗せ、力を入れて踏み込む。

初療室のスピーカーから無線のノイズが聞こえてきた。受け入れ準備をしていた名取と横峯の動きが止まる。

灰谷の息づかいがかすかに聞こえる。

ハッハッハッハッハッ……。

灰谷は左手でシートベルトを強く握りしめる。

大丈夫だ、大丈夫……。

やがて、呼吸が落ち着いてきた。小さく息を吐くと同時に声が出た。

「こちら、翔北ドクターヘリ……レベル三桁、頭部CTの準備お願いします……」

スピーカーからの灰谷の声に、横峯の顔が輝く。

「やった！」と叫ぼうとした瞬間、「よしっ」と名取が大きな声を上げた。

横峯が名取を振り返り、にやりと笑う。

「なんだよ」

バツが悪くなり、「レベルワン準備します」とさっさと動きながらも、我知らず名取は顔をほころばせていた。

横峯はうれしそうにマイクに向かうと、灰谷に言った。

「受け入れ準備して待ってる」

「了解」

フットペダルから足を外して大きくひとつ息をつく。

戻ってきたんだ……。

ドクターヘリの窓外に広がる晴れ渡った空を見ながら、灰谷はそう思った。

もう一つの日常

第一話

右手の親指でスマホ画面をめくり名取がネットサーフィンをしている。スタッフステーションではおなじみの光景。目に留まった記事を眺め、イスを滑らせて横峯のデスクのほうへと移動する。

「なあ、知ってる？」

「ん？」とパソコンを見ていた横峯が顔を上げた。

「三十年後、医者の仕事の半分以上が人工知能に置き換わるんだってさ」

「ウソ……」

「だって載ってるし」と名取はスマホの画面を横峯に見せた。横峯は名取からスマホを奪うと、その記事に目を通しはじめる。

「へぇ……まあ、私は大丈夫か……」

勝手に納得して横峯はスマホを名取に返した。

「いや、お前よりずっと役に立ちそうだって」

「ちょっと……」

口をとがらせる横峯から逃げ、名取はＨＣＵへと向かう。

「間違ってません？」

ただならぬ発言に、名取は声がするほうに目を向けた。

奥のベッドで灰谷が患者の父親らしき人と対面している。

あそこにいるのはたしか右腎臓損傷の六歳の少年のはずだ。松村晃太《まつむらこうた》くんだっけ。

父親の指摘に、「え？　いや、そんなはずは」と灰谷が焦ったようにベッドサイドのパソコンでＣＴ画面を確認している。

「右の腎臓周囲に尿の漏れが見えてます。こ、この場合は手術の適応がありまして……」

「そりゃ適応はあるんでしょうけど……ネットで調べたら」と父親はスマホを取り出して灰谷に見せた。

「基本は保存的治療でって。手術しないで治せるならそっちのほうが早く退院できるじゃないですか」

「……たしかに経過を見ていくという場合もあります。でも、晃太くんの場合、腎臓の損傷も激しいので手術したほうが早くよくなるっていう判断なんです……」

「その判断が間違ってて、痛い思いするのは晃太なんですけどね」

父親はそう言いながら、ベッドの上で苦しげに顔をゆがめている息子の頭をなでる。

「えっと……わかりました。じゃあ、あの……もう一度検討してみます」

「お願いします」

「はい」

あ〜あ、承知しちゃったよ。

何やってんだ、あいつは……？

HCUを出ていく灰谷をあきれたような顔で見送ると、名取はさっそく晃太の父親がチェックした情報のソースをスマホで検索しはじめた。


『腎損傷の治療とその有効性』

一方、灰谷もまた、パソコンでサイトを見ながら「これか」とつぶやいている。医局に戻るや、すぐに調べたのだ。

『外科手術、もしくはNOM（non-operative management）――保存的治療と血管内治療がある——のいずれかがとられ、基本的には保存的治療が有効である』

そこにコーヒーカップを手にした名取が入ってきた。ぶつぶつ言いながらパソコンに向かっている灰谷を見て、声をかける。

「お前さ……まさか真に受けてんの？」

「え……」

灰谷は慌ててパソコンを閉じた。

「あのネット信者の親に言われたこと。保存的治療のほうがいいんじゃないか……ってやつ」

言いながら名取は灰谷の隣にある自分の席につく。

「……まあ、たしかに手術しないに越したことはないし……」

自信なさげな灰谷の言葉に、名取はもう一度あきれる。

「いやいや、ちゃんと晃太くんを診て、手術のほうがいいってことになったんだろ？」

「うん……まぁ……」

「お前だけじゃない。カンファレンスでの意見も踏まえてのことだし……」

「そうなんだけど……一応、確認してみないと……」

こいつ、どこまでお人好しなんだ。

「もしかしたら、僕たちのほうが間違ってるのかもしれないから……」

こりゃ手に負えないわと名取は天を仰ぎ、コーヒーを口に運んだ。

「ごめん……」

灰谷は再びパソコンを開いて調べはじめた。


「晃太くん、冷や汗がひどくなってショック状態です！」

スタッフステーションに雪村が飛び込んできたのは、その日の午後だった。灰谷と名取はすぐにＨＣＵに向かった。

ベッドでは晃太が顔を蒼白にして苦しんでいる。

雪村が状態を確認し、「脈拍１２０、頻脈です」と告げる。

「晃太くん、わかる？」と灰谷が声をかけ、名取が腹部の触診をする。

「筋性防御[※1]が出てきてる」

灰谷は橈骨動脈に触れながら、「ってことは出血が腹腔内に広がってきた？」と名取に応じる。

「ああ、すぐに手術しよう。たぶん、お前が見立てたとおりだ」

「うん。でも……」

「どうした?」

「やっぱり……腎臓、残せるなら、動脈塞栓[※2]で止血したほうがいいんじゃないかな」

今になって迷っている灰谷に、雪村が厳しい目を向ける。

「エコーください」

「はい……」

灰谷の指示に、微妙な表情を向けながら雪村が答える。

名取は処置を続けつつ、ぴしゃりと言った。

「灰谷」

「え……」

※1 **筋性防御**
腹腔内に炎症などが生じると腹壁が緊張して硬くなる症状。

※2 **動脈塞栓**
血管造影検査の手技を用いて、経皮的に動脈内に挿入したカテーテルを通じ、動脈を人工的に閉塞させる放射線医学的な治療法。

「俺たちは医学部で六年、研修医で三年、実際に患者を相手に学んできた。読んできた医学書の数だって百冊じゃきかないだろ」

「……」

「誰が書いたかわからないようなネットの情報なんかほっとけ！」

「……」

「晃太くんの体を誰よりも知ってるのは、お前だろ」

名取の言葉に押されて、灰谷は覚悟を決めた。

「わかった……」

灰谷はベッドから離れ、雪村に指示する。

「手術室、準備して」

「わかりました」

エコーを手にした灰谷に、名取が言う。

「挿管してから運ぶぞ」

灰谷は邪念を捨て、黙々と処置を続ける。

晃太の手術は無事、成功した。

HCUで灰谷が晃太の様子をチェックしていると、連絡を受けた父親が足早に入ってきた。隣のベッドで診察している名取がチラッと目をやる。

「晃太……」

ベッドで眠る晃太の頬に心配そうに手を添える。

「腎臓を一部、切除しましたが、安定してます」

灰谷の言葉に、父親が驚いた表情で振り返った。

「腎臓を切除……」

「はい……」

申し訳ないという思いが灰谷の表情に出る。

その顔を見て、父親は一気に不安になった。

「……保存的治療じゃダメだったんですか」

「あの……」

「この歳で腎臓を切ったって……大人になってから問題が出てくるとか……ないですよね？」

「……ないとは言い切れません」

正直な灰谷の言葉が父親の怒りに火をつけた。

「やっぱり正しかったんだ」とスーツの内ポケットからスマホを取り出し、灰谷に詰め寄る。

「調べてそうだと思ったんだよ。だから手術はしないほうがいいって」

黙って聞いていた名取だが、さすがに見かねて二人の間に割って入った。

「そんなに言うなら、そのスマホに診てもらえばよかったんじゃないですか?」

見知らぬ若い医師にいきなり攻撃的な物言いをされて、父親は戸惑う。灰谷もどうしていいのかわからない。

騒ぎに気づいた橘が、スタッフステーションから様子を見守る。

名取はなおも続けた。

「ネットに書いてあるとおり保存的治療をしていたら、晃太くんは今頃、何本もチューブや機械をつながれて、死線をさまよってますよ」

「名取先生」と灰谷が止めようとするが、名取の気持ちは収まらない。

「いいですか、これだけは覚えておいてください。今回、晃太くんを救ったのは、そのスマホじゃない。この灰谷先生です」

そう言い放ち、名取はスタッフステーションのほうへ去っていく。

父親は頬をぷるぷると震わせながらその後ろ姿を見送り、灰谷をにらみつけるとHCUを出ていってしまった。

灰谷は慌てて名取のあとを追った。


スタッフステーションに戻った名取はどかっとイスに座り、苛立たしそうにスマホをいじりはじめた。

ったく、なんなんだよ。

灰谷も灰谷だ。

自信なさげな態度をとるから、あんなネット信者に付け入れられるんだ。

あ〜、ムカつく。

いらいらオーラをまき散らす名取をうかがいながら灰谷が声をかけようとしたとき、橘が先に口を開いた。

「名取！」

「はい」と名取はスマホから顔を上げる。

「父親に謝ってこい」

「は?」

「あの言い方はない」

憮然とした態度の名取を諭すように、橘が話を続けた。

「親っていうのはな、ちょっとした変化を見逃したことで自分が子供の人生に取り返しのつかないことをしてしまったんじゃないかといつも不安になるんだ。子供の呼吸が少し浅くなった、おしっこの回数が少なくなった……自分のこと以上に悩む。そんなときネットで調べて、若い医者を疑いたくなるのは自然なことだ」

「……」

「お前はまだ親の不安を知らない。たとえ正しいことでも、それを知らないお前が親を責めるべきじゃない」

悔しいが、橘の言うことはもっともだ。

自分の思慮の足りなさに名取が唇を噛んだとき、橘の口調が変わった。

「だが……同僚のために熱くなることは悪くない」

「？」と名取は橘に顔を向けた。

橘は笑みをたたえながら、「いや、変わったよ。本当に」と席を立つと、「緋山に影響されすぎたんじゃないか？　ん？」と名取の肩をポンと叩き、スタッフステーションを出ていった。

「……」

そこに灰谷がやってきて、黙って名取の前に座る。

「……なんだよ」

「ま、人のこと言えないよね」

「何が？」と気恥ずかしさをごまかすように名取は席を立った。歩き出した名取を追いかけながら、灰谷が続ける。

「普段やたらと検索するから、名取先生も」

名取が手にしているスマホを見ながら、灰谷はにやにやと笑みを浮かべる。名取は舌打ちし、歩みを速めるが、灰谷はしつこくついてくる。

「あ、知ってる？」と名取が不意に立ち止まった。「三十年後、医者の仕事の半分以上が人工知能に置き換わるんだってさ」

「ウソ……」

「ほら」と名取はスマホを灰谷に見せる。

灰谷はネットの記事を読み、「……本当だ」とつぶやく。

ショックを受けた様子の灰谷に、名取が言った。

「だから……信じてんじゃねえよ、ネットなんか」

ふたたびスマホをいじりながら歩きはじめた名取に、灰谷がうれしそうに聞く。

「どこ行くの？」

「言わせんなよ」

名取は苦虫を嚙みつぶしたような顔をしてボソッと返した。

第二話

朝イチの送迎バスが病院のバス停に到着し、次々と乗客が降りてくる。黒やグレーの上着に身を包んだ人波のなかに、目にもまぶしいオレンジ色のコートが揺れる。しかも、コートには鮮やかな緑色の花模様がちりばめられている。コートの下には黄色のニットをワインレッドのスカートと合わせている。

南米あたりに生息する毒蛾なんかにいそうな色の組み合わせだな……。

そんなことを思いながら、名取はこっちに歩いてくる横峯のコーディネートを眺めていた。

「あ、おはよう」

横峯が名取に気づいて歩み寄ってきた。

「おう」

隣に並んだ横峯の格好をあらためて見て、名取は苦笑した。

「相変わらず、すごいな」

「？」

「どこに売ってんの？　それ」

コートのことを言っているのだと気づき、横峯はうれしそうに微笑んだ。

「かわいいでしょ」

「あ……べつに褒めてないんだけど……」

「え……」

横峯は眉根を寄せて名取をにらみつけた。

ちょうどそのとき、病院のほうから母親と看護師に付き添われた車イスの少女がやってくるのが見えた。

少女の体は点滴と人工呼吸器につながれ、頭にはニット帽をかぶっている。透けるように白い肌が輪郭を曖昧にし、冬の空気に溶けてしまいそうだ。

横峯が弾むような足どりで少女に駆け寄る。

「あ、先生、おはよう」

「おはよう、佳奈《かな》ちゃん」と横峯は笑顔を向けた。

横峯が担当する七歳の少女、白井《しらい》佳奈だ。

ステージⅣの小児がんで過酷な闘病生活を送っているが、いつも明るく、決して弱音を吐いたりしない。

横峯は佳奈のことが大好きだった。

「お散歩？」

「うん」と佳奈はうなずいた。「あったかいから」

「そうだね」

「かわいい」

佳奈は横峯を見上げて顔をほころばせる。

「花柄のコート」

「でしょ？」

横峯の顔にも笑顔の花が咲く。

どうだとばかりに名取を振り向き、眉を動かす。

その場でクルッと回ってみせると、佳奈は大喜び。

わかんねえなぁ、女って……と名取は首をかしげた。

スタッフステーションのテーブルに広げた資料に横峯が目を通している。佳奈の治療の参考にと緩和ケアセンターやがんセンターから取り寄せたのだ。

小児がんは進行も早く、佳奈の場合はすでに何か所かに転移も見られ、はっきりいって状況は厳しい。

しかし、横峯はあきらめたくはなかった。

つらい治療に必死に耐え、笑顔を見せる佳奈をどうにかして救いたかった。

生きてさえいれば奇跡が起きるかもしれない。

佳奈のために自分にできることがあれば、どんなことでもするつもりだった。

資料の気になる部分に付箋を貼っていると、看護師の広田が駆け込んできた。

「横峯先生、お願いします！」

佳奈の症状が悪化したという。横峯はＩＣＵへと走った。

ベッドの上で佳奈が身悶えていた。顔をくしゃくしゃにして唸りながら、激しい痛みに耐えている。

そのかたわらでは母親の優子《ゆうこ》が佳奈の体に手を当てて、祈るようにつぶやいている。

「……痛いの、痛いの、飛んでけ……痛いの、痛いの、飛んでけ……先生、もうすぐ来るからね」

隣のベッドの患者を診ながら、名取も気になって仕方がない。

そこに横峯がやってきた。

「先生！」と優子がすがるように見つめる。「かなり痛むみたいで……」

横峯はうなずいて、佳奈に尋ねた。

「佳奈ちゃん、どのへんが痛い？」

佳奈は歯を食いしばって、「ううん」と小さく首を振った。

「だいじょうぶ……おまじないしてくれたから」

「そっか。強いね。佳奈ちゃん」

佳奈は懸命に痛みに耐え、笑顔をつくろうとする。

そのけなげさに、横峯の胸が熱くなる。

「佳奈ちゃん、ちょっと体の向き、変えてみよっか？　楽になるかも」

そう言うと、横峯は佳奈の右半身を起こして横向きにさせた。さらに投薬を管理しているベッドサイドモニターを操作し、鎮痛用のモルヒネの量を増やす。

これで痛みがやわらぐはずだ。

こわばっていた佳奈の顔が少しずつゆるんでいく。

隣の患者の処置を終えた名取が、佳奈のベッド前のパソコンに表示されているカルテを覗き見る。

『病的骨折。小児腎ガン　ステージⅣ。肺、肝臓、骨に転移あり』――。

絶望的な言葉の数々に名取の心は重くなる。

やがてモルヒネの効果が表れたのか、佳奈は眠りについた。

横峯は優子と一緒に待合のソファに移動し、詳しく様子を聞くことにした。

「やっぱり、かなり痛みが出てるんですね」

「ええ」と優子は悲しそうにうなずく。「それなのにあの子……お母さんのおまじないが効いたかも。痛くなくなった、なんて言うんですよ。そんなはずないのに」

こらえきれず優子は涙ぐむ。

「……どれだけ痛くても、つらくても……佳奈ちゃんは笑顔を見せてくれる……強いですよね、佳奈ちゃん」

「自慢の娘です」と優子は涙顔で微笑んだ。

翌日も、佳奈は痛みに苦しんでいた。隣のベッドの患者を診ながら名取が気にかけていると、横峯が入ってきた。

「か～なちゃん」

横峯は持っていたショップバッグを自慢げにかかげる。

「これ、佳奈ちゃんにあげる」

「え……」

「コートは佳奈ちゃんのサイズがなかったんだけど……」

ショップバッグから取り出したのは、横峯のコートと同じデザインのマフラーだった。

鮮やかなオレンジに緑の花柄が散っている。

胸の上に乗せられたマフラーを見て、佳奈は痛みをこらえて笑顔をつくる。

「……かわいい……」

佳奈の手がそっとマフラーに触れる。

「中庭を散歩するときに使って」

「うん……」

このマフラー巻いたら、先生みたいにきれいになれるかな……。

佳奈は横峯のことを、お花みたいな人だなと思っていた。

いつも笑顔の花を咲かせている。

いつか自分が大人になったら、あんなふうにきれいに笑う女性になれたらいいなと思う。

「わたし、この……」

強烈な痛みに襲われ、佳奈はそれ以上話すことができなくなった。苦痛に顔をゆがめる佳奈を、横峯が心配そうに見つめる。

うんうんと唸りながら、佳奈は優子に目を向けた。

「……お母さん……痛いの痛いの飛んでけ……して」

「うん……うん……」と何度もうなずき、優子は佳奈の手を握った。「痛いの、痛いの、飛んでけ……痛いの、痛いの、飛んでけ……」

それで痛みが引くはずもなく、佳奈は唸りつづける。

「痛いの、痛いの……」

そんな娘の姿がつらすぎて、優子のおまじないは途切れてしまう。

と、不意に誰かの声がした。

「痛いの、痛いの、飛んでけ」

横峯だ。

優子に代わって佳奈のおなかを優しくさすり、おまじないを繰り返す。

「痛いの、痛いの、飛んでけ。痛いの、痛いの、飛んでけ」

言いながら、横峯は隣のベッドからこちらを気にかけている名取に目配せする。名取は一瞬怪訝な表情になったが、すぐに横峯の意図を察した。

佳奈のベッドサイドモニターの前へ移動し、モルヒネの量を増やす。

「痛いの、痛いの、飛んでけ……」

「すごい……」

佳奈は浅い呼吸の下で、横峯を見つめた。

「ん？」

「……少し……痛くなくなった」

かすかに笑う佳奈に、「ホント？」と横峯も笑みを返す。

「じゃ、もうちょっと続けるね。痛いの、痛いの、飛んでけ……」

優子もそこに加わった。

「痛いの、痛いの、飛んでけ」

大好きな二人のおまじないで、佳奈の体から魔法のように痛みが消えていく——。

勤務を終え、私服に着替えた名取がエレベーターに乗ろうとすると、同じように帰ろうとしていた横峯と出くわした。

少し気まずそうに二人はエレベーターに乗る。

相変わらず派手なコートを着てるなと隣に立つ横峯をチラ見する。名取の視線を感じつつも、横峯は黙ったままだ。

病院を出て、並んで歩きながら、ようやく名取が口を開いた。

「……マフラーといい、コートといい、いい色してるよ」

「またバカにしてるでしょ？」と横峯がにらむ。「名取先生も、そんな暗い色ばっかじゃなくて、たまには明るい服着てみたら」

そう言われて、名取はあらためて自分の格好を見下ろした。

薄いグレーのパンツに黒いシャツ、モノトーンのチェックのジャケットの上に濃いグレーのブルゾンを羽織っている。

たしかに明るいとは言えないけど……。

「冬なんだし、普通こんなもんだろ？　お前が派手すぎんだよ」

「そうかな……」と横峯は自分のオレンジ色のコートを見る。そして横峯は何かを思い出したように話しはじめた。

「3・11のときね、ボランティアで石巻に行ったの。汚れそうだから、もらいものの派手なフリースを着て……ちょうどこのポスターみたいなド派手なオレンジのやつ」

指さした病院のバス停横の掲示板に、インフルエンザ対策を訴えるポスターが貼ってあった。目立つようにオレンジにしたのだろうが、目にキツすぎて肝心の情報が入ってこない。

「そしたらね、家がぐちゃぐちゃになって、どうしようもないって途方に暮れてたおばさんがね、私の格好見て、『やっぱりいいね、明るい色って。あんた見てたらなんか元気出ちゃった』って言ってくれたの」

「……」

「それから、そのおばさんも周りの人たちも、震災で残った着れるものの中から一番明るい色の服を選んで着るようになった」

「そうか……」

「私は気持ちの力を信じたい。明るい格好で病院に行けば、まだ何もできない私でも、その……気持ち？　救ってあげることができるかなって……まぁ、ほんのちょっとかもしれないけど」

ド派手な私服の意外な理由を知って、名取は少し横峯を見直す。

「だから私は明日も、花柄のコートで病院に来る」

「……へぇ……」

「なに？」

「いや……いいんじゃない」

「何それ、適当」と横峯が口をとがらせたとき、病院の送迎バスがやってきた。

ドアが開き、バスに乗り込みながら横峯が言う。

「まあ、ただかわいい服が好きっていうのもあるけどね」

なんだそれ……？

苦笑しながら名取は背を向けて歩き出す。

と、なぜか横峯がバスから降りてきた。

「ねえ、おなかすいちゃった」

「はぁ？」

「いいじゃん、行こうよ」と名取の隣に並ぶ。

「乗らねえのかよ」

「乗らないよ」

じゃれつくように横峯が名取の周りでステップを踏むように歩く。

毒々しいオレンジが目の前でひらひら揺れる。

蝶……？　いや、やっぱ蛾だな。

そんなことを思いながら、名取はひとり笑った。

第三話

医局のデスクいっぱいに医学書を広げ、灰谷がノートをとっている。作業に夢中になっていると、突然、ドアが開く。音がして、灰谷は「うわっ」と声を上げた。仮眠明けの寝起きの頭にいきなり奇声を浴びせられ、名取はビクッとなる。

「あ……おはよう」

「……おお……」

ったく、おどかすなよ。

名取は灰谷に目をやった。デスクの上には大量の医学書と論文が所狭しと散らばっている。

朝っぱらからお勉強かよ……。

名取はあくびまじりにつぶやいた。

「よくやるよな。毎日、毎日……」

灰谷は名取の皮肉も特に気にせず、再びノートをとりはじめる。

ページをめくっているのはＤＩＣ※治療関連の医学書で、その道の権威である河原一博《かわはらかずひろ》教授の著書だった。

「河原教授って、今度本院に来るんだってな？」

名取が言うと、灰谷は「うん……」と曖昧にうなずいた。


ＨＣＵで横峯が二十代の男性患者、今泉豊《いまいずみゆたか》の腹部を触診している。そこに雪村が点滴パックを載せた医療カートを押してきた。

「痛みはどうですか？」

「あんまり変わらないです……」

二人の会話を聞きながら、雪村は今泉の点滴を交換する。

「そうですか」と横峯は今泉から離れ、ベッドサイドのパソコンで数値をチェック。と、今泉が「あの……」とスマホをかかげた。

※ＤＩＣ
播種性《はしゅせい》血管内凝固症候群。血管内に無数の血栓がばらまかれ、本来、出血箇所でのみ生じる血液凝固反応が全身の血管内で無秩序に起こる病気。

「この薬とかって使わないんですか?」

「え?」

横峯はスマホ画面を覗き込んだ。

「プロセントラ……?」

画面に映っていたのは自分の知らない薬だった。

ヤバい……これはヤバい。

「あぁ……あれですね」と横峯はとっさに知ったかぶりをする。「今のところ使う予定はありません。数値も安定してるので、少し様子を見ましょう」

「わかりました」

横峯は今泉ににっこり微笑むと、足早にHCUを出てスタッフステーションに向かった。

「プロセントラ……プロセントラ……プロセントラ……」

忘れないよう呪文のように口にしながら、横峯はスタッフステーションのパソコンに飛びつく。検索画面を開いたとき、背後から雪村に声をかけられた。

「ちょっと見直した。あんな薬も知ってるんだね」

「……今、調べてる」

「えっ⁉」

「だって、患者さんの前でわからないなんて言えないもん」

雪村はあきれて冷たい視線を向ける。

「結局、ドラマ見て医者になった女医……」

そう投げつけると、雪村は去っていく。

横峯はシュンとして、口の中でつぶやく。

しょうがないじゃん。知らないものは知らないんだから。

気を取り直し、パソコンに向き直った横峯の指がはたと止まった。

「あれ？……なんて薬だっけ？」


カーテンで仕切られた救急外来の診察室。右側のベッドでは名取が、左側のベッドでは灰谷がそれぞれ患者を診察している。

問診を終えた名取が尋ねた。

「その後、痛みはありますか？」

「はい。まだ少し」

「では、あと一週間分薬出しておくので、受付でお待ちください」

名取は立ち上がり、パソコンでカルテに記入していく。するとカーテンの向こうから、
灰谷が診ている年配の男性患者の声が聞こえてきた。

「神経障害性疼痛症でしょうか?」

なじみのない名称に、名取はチラと隣を覗き見た。

「え?……」

「神経障害性疼痛症です。知り合いにそうじゃないかって言われて……」

「あっ……ああ」

灰谷は焦って本棚へ移動し、医学書を開く。

「えっと……神経……障害性……」

「神経障害性疼痛症です」

「ですよね。ちょっと待ってください。ああっ」

慌ててページをめくったせいで医学書が手から落ちた。

「大丈夫ですか?」と患者がベッドから身を起こし、「神経障害性疼痛症です」と、念

を押すように繰り返した。

「あ、はい……神経障害性……神経障害性……」

動揺する灰谷の様子を見ながら、名取はため息をついた。


タブレットを手に横峯が廊下を歩いている。モニター画面に呼び出されているのは先ほどの薬品のデータだ。プロセントラは承認されたばかりの新薬だった。知らないのも無理はないとはいえ、医療の素人の患者に知識で劣るとは情けない。

と、携帯が鳴った。

「はい」

「横峯先生、今泉さんが腹痛を訴えていて」

「すぐ行きます」

横峯はＨＣＵへと駆け出した。

ベッドの上では今泉がおなかを押さえて苦悶の表情を浮かべていた。入ってきた横峯を見て、そばについていた看護師が言った。

「お願いします」

「今泉さん、どうしました？」

「おなかが……痛くて……」

「ちょっと診ますね……」

横峯は今泉を診察すると、看護師に言った。

「再出血かも。内視鏡と採血の準備お願いします」

看護師がすぐに準備を始める。

処置を考える横峯の頭の片隅を未知の新薬のことがよぎる。


明らかに落ち込んだ様子で医局に戻ってきた横峯に、名取が声をかけた。

「よかったな。たいしたことなくて」

「うん……」

「凝固は関係してなかったんだから、そこまで気にする必要ないだろ？」

「でも……うやむやにしたのはたしかだから」

横峯は沈むように自分のデスクに座った。その正面では灰谷が医学書とにらめっこしている。

どいつもこいつも……と名取はあきれる。
そこに一人の人物が入ってきた。
名取はしげしげと客を見つめ、「え……！」と立ち上がった。
入り口に立っていたのは河原教授だった。
「おい」と隣の灰谷をうながす。
「あ……」
灰谷も河原に気づいて立ち上がる。
二人の様子に首をかしげながら、横峯も何となく立ち上がってみる。
「久しぶりだな、灰谷」と河原はにこやかに声をかける。
「ご無沙汰しております」と灰谷は頭を下げた。
え？……知り合い!?
名取は驚いて灰谷を見る。
歩み寄る灰谷に、河原が言った。
「学会で近くにきたから、寄ってみたんだ」
恐縮しながらも灰谷はうれしそうだ。

横峯はそーっと名取の隣に移動すると、小声で尋ねた。

「誰？」

「本院に来る河原教授だよ。ＤＩＣ治療で有名な」

「へぇ」

「お前、知らないの？　それでも救急医かよ……」

小バカにしたような名取の言い方に、横峯はムッとする。


灰谷は応接ソファァに河原を誘い、コーヒーを出す。

「ありがとう」

自分のコーヒーをテーブルに置くと、灰谷も座った。河原は医学書と資料で埋めつくされた灰谷のデスクを眺めながら、昔を懐かしむように言った。

「講義を一番前で聞いて、メモをとっていたのを思い出したよ。相変わらず熱心だな」

「……いや、まだまだ勉強不足で……失敗してばかりです……」

自信がないのも相変わらずか……と河原は灰谷を見つめる。

「今日も患者さんに神経障害性疼痛症について聞かれたんですが、僕、知らなくて、慌てしまって……」

「知らないこともたまにはあるだろう」

「たまにじゃないんです……しょっちゅうあるんです。いつも僕は患者さんの前で慌ててしまって……」

だから、あのデスクなのか……。

教え子が落ち込んでいるのを察し、河原はおもむろに話しはじめた。

「星の数ほどある病気や薬剤、それに治療法のすべてを知る人間はいないし、どんな名医と言われる医者でも、必ず知らないことがある」

河原の声は自席にいる横峯にも届いていた。灰谷と同様に襟を正して、耳を傾ける。

「そんなとき、知らないままやり過ごして運よく患者を救う医者か……それとも知らないことを認めて、恥をかきながらでも患者を救う医者か……どちらの医者になりたい？」

「……後者です」

灰谷の答えに、心の中で横峯もうなずく。

「自分の無知を認めるのはむずかしい。決して誰にでもできることじゃない……でもな、灰谷」

そう言って、河原は灰谷をじっと見つめた。

「君はすでにできている」

「……」

「不安なのは、医者なら皆、一緒だ」

「……教授も……不安なんですか？」

河原は「ああ」とうなずいた。

「不安だ。だから、今も学んでる」

尊敬する恩師の言葉に、灰谷は勇気をもらう。

知らないことを学ぼうとするのは、決して恥ずかしいことではないのだ。

「しかし、若いうちにできるだけ自分の知識を増やしておいたほうがいい。私のような歳になって『わかりません』は結構キツいだろ？」

冗談めかして言う河原に、灰谷は思わず「はい」とうなずいてしまった。

「あ……いや……」

慌ててフォローしようとするがうまい言葉が出てこない。

そんな灰谷の姿に、横峯はクスッと微笑んだ。


翌日。

救急外来で灰谷が患者を診ている。診療ベッドに寝た老人の左足を支えながら、「左足蹴り上げられますか？」と尋ねる。

老人は左足を動かし、不安げに聞き返した。

「これって脳梗塞とかってことないですよね……？」

「……ちょっと待っててもらっていいですか？」

灰谷は老人の左足をそっと下ろすと、ベッドを離れ、本棚に向かった。本棚のそばの診療ベッドでは横峯が中年女性を診察していた。

灰谷が医学書をめくっていると、ベッドの上のその女性がスマホを見せながら横峯に尋ねた。

「先生、この薬ってどうなんでしょうか？」

横峯はスマホ画面を見て、にっこりと微笑んだ。

「わからないので調べますね」

点滴の準備をしていた雪村が、「はぁ？」と目を丸くする。

灰谷が医学書を本棚に戻すのと同時に、横峯が本棚の前に立った。灰谷は担当患者の老人のベッドに戻ると、言った。

「わかりました。薬の副作用の可能性があるので量を減らしましょう」

横峯はまだ本棚の前で医学書とにらめっこをしている。

恥ずかしげもなく無知をひけらかす医師たちの姿を見ながら、雪村は不安になる。

この病院、大丈夫なのか……？

第四話

スタッフステーションのテーブルの上に、畳んだエプロンをドサッと置いて、ため息をつきながら雪村がイスに座った。気づいた横峯が近づき、「もしかして……今日から?」とエプロンを胸に当てて、からかうように尋ねる。

うんざりしたような表情で雪村が答える。

「研修」

「どこの?」

「小児科。ってか、わかってて聞かないでよ」

翔北病院では小児科の看護師は、子供の緊張をやわらげるためにエプロン着用を義務づけられているのだ。

「ごめんごめん」と隣に座り、「でも、ホントかな」と横峯が興味深そうに話題を振った。

「噂のスマイリーさん。どんなときでもずっとニコニコ笑顔を振りまく天使のような看護師」

「そんなの噂だけだろ」とデスクで作業をしていた名取が話に割って入る。

「ですよね」と雪村は相槌を打ち、横峯に返す。

「いないよ、普通」

「いくらなんでも四六時中笑ってるなんて無理か……」

「でしょ」


噂だけじゃなかった……。

目の前にある輝くばかりの満面の笑みに、雪村の常識が覆される。

まさに〝スマイリーさん〟としかいいようのない福々たる笑みをたたえ、小児科の先輩看護師、江藤美代子《えとうみよこ》が雪村を迎えてくれた。

「雪村さんね。こんにちは～」

その笑顔の迫力に、逆に雪村の顔はひきつってしまう。

「こ、こんにちは……」

そして、その格好……。支給されているピンクのエプロンはイチゴやら動物のキャラクターやらのワッペンで派手にデコレーションされているのだ。

雪村の視線に気づいた江藤は、「あ、これ?」とワッペンを指さす。「安心して。私のがあるから、あとでつけてあげる」

「は、はぁ……」

「じゃあ、行きましょうか」

声のトーンが園児を相手にする保母さんと同じだ。

歳の頃は四十代半ばだろうか。

いるよな、こういう子供好きのおばさん……。

もともと子供は得意でないうえに、さらに研修期間中はずっとこの人と一緒かと思うと、雪村の心は一気に重くなった。

「……はい」


「おはよ〜」

江藤についてHCUに入ると、パジャマの上に白衣を羽織った少年が迎えてくれた。

「おはようございます」

「えっ」と驚いて雪村は目を見開く。

おもちゃの聴診器を首にかけ、白衣のポケットにはボールペンとＩＤカードのようなものまで入れてある。

コスプレとしてはかなりの完成度だ。

「じゃあ、本日も回診、よろしくお願いします」

江藤が少年のお医者さんごっこに合わせたようなセリフを言う。

少年はメガネの奥のつぶらな瞳を輝かせ、ハキハキと話しはじめた。

「西野《にしの》涼介《りょうすけ》。九歳。腸閉塞症で入院して、絶食と点滴で治療しています。昨日から流動食を始めました」

「そうね。よくできてる。じゃあ点滴の速度も落とそっか」

涼介はさっそくバインダーに挟んだノートに、今の江藤の指示を書き加えていく。

その様子を雪村はポカンと見つめる。ごっこ遊びにしては手が込んでいる。

江藤は雪村に向かって言った。

「涼介くんはとても頭がいいの。ねー」

江藤の言葉に涼介がはにかむ。

雪村はひきつった笑みを返すことしかできなかった。

「……そうですか」

エレベーターのドアが開くと、中には雪村がいる。

「あっ！」

かわいらしいエプロン姿に、横峯は目を輝かせてエレベーターに乗り込んだ。

「似合ってる～」

「うるさい」

「どう？　噂のスマイリーさん」と横峯は雪村ににじり寄る。

「その楽しみにしてる顔やめて」

「いいじゃん、べつに」

「噂どおりっていうか噂以上だわ。あんなにずっと明るくてニコニコしてる人、初めて見たかも」

「さすがスマイリーさん！」となぜか横峯はうれしそうだ。

こっちの気も知らないで……と雪村は憂鬱な表情になる。

常にあの笑顔を見せつけられると自然に笑えない自分が看護師失格に思えてしまうの

だ。

看護スキルや医療知識にそれなりの自信はあるが、患者とのコミュニケーションやメンタルケアに関してはどうしても苦手意識をぬぐえない。

江藤と一緒にいると駄目な自分を思い知らされて落ち込んでしまうのだ。

小児科のフロアに着き、エレベーターが開く。

「ほら」と横峯にうながされ、雪村は重い足どりでエレベーターを出た。その背中に横峯が声をかける。

「飲みにならいつでも行くから」

雪村はため息をつきながら、小児科病棟へと歩を進めた。


HCUで患者の包帯を替えていると涼介の声が聞こえてきた。雪村は顔を上げて、奥のベッドに視線を向ける。白衣姿の涼介が同い年くらいの女の子に声をかけていた。

「ひなたちゃん、食事はとれてますか?」

ひなたについている看護師が迷惑そうに口を開く。

「涼介くん。自分のベッドにいてね」

しかし涼介は問診を続ける。

「吐き気はないですか？」

看護師の声のトーンがきつくなる。

「ベッドに戻って！」

「……はい」

寂しそうに涼介は自分のベッドに戻っていく。

ひなたの処置を終えた看護師が雪村のそばに来て、聞こえるようにボソッと言った。

「あんなこと教えなくてもいいのに、スマイリーさんも」

「！……」

「あ、涼介くんのバイタルチェックお願いできる？」

「……わかりました」

白衣を脱いでベッドに横たわる涼介はいかにも病人に見える。白衣姿だとあんなに明るく元気なのに、今はすっかりふさぎこんでしまっている。

「お熱はかるね」

雪村が優しく言葉をかけるが、涼介は黙ったままだ。

隣のベッドでは自分よりも若い看護師が気管切開された男の子の吸引をしている。しかし、チューブの挿入がうまくできないようだった。

「ごめんね……もう一度やってみるね」

やはりうまく入らず男の子は苦しがる。見かねた雪村が手助けをしようとしたとき、

「どうしました?」と江藤が笑顔で声をかけた。

「あ、吸引がうまくできなくて……」

「気管吸引むずかしいもんね。ちょっといい?」と江藤が代わってチューブを手にした。

「はい、大丈夫よ~。ちょっと苦しいけど我慢しよう。すぐ終わるから」

江藤は慣れた手つきであっという間に吸引を終えた。

「は~い、終わったよ~」

「すみません……ありがとうございました」

恐縮する若い看護師に、江藤は満面の笑みを向けた。

「全然、大丈夫。※SpO2も確認しておいてね」

やっぱり、この人はプロだなぁ……。

雪村は感心しながら江藤を見つめた。

スタッフステーションに戻ると、さっき涼介を注意した看護師がいた。同年代の看護師と楽しそうに話している。雪村はその脇を通りすぎ、点滴のチェックを始める。

「疲れてるときにさ、あれ見ると余計キツいんだよね。スマイリーさんの笑顔」

「笑顔、ちょっと不気味ですよね」

陰口に雪村が顔をしかめたとき、「お疲れさま〜」と噂の本人がやってきた。

「お疲れさまです」

二人は笑顔で応じたもののバツが悪かったのか、そそくさとスタッフステーションを出ていってしまった。

江藤は気にする様子もなく、パソコンのキーを叩きはじめる。

雪村はふとHCUの涼介のベッドに目をやった。

涼介は安らかな顔で眠っていた。

※ SpO2
経皮的（動脈血）酸素飽和度。指先にパルスオキシメーターという計測器をつけて測った、血液中のヘモグロビンと酸素の結合の割合を示す値。酸素が体に行き届いているかを見る際の指標となる。正常値は98（95とされることもある）〜100％。

翌朝、雪村がＨＣＵに行くと、涼介はすでに白衣姿だった。

「おはよう」

「おはようございます」

雪村は思い切って、言ってみた。

「回診、お願いします」

涼介は一瞬戸惑うような顔をしたあと、パッとその表情を輝かせた。

「今日は三分粥に食上げ。吐いたりはしてません」

「はい、よくできてます。血糖測定は一日一回にしましょう」

涼介はうれしそうに雪村の指示をノートに書き込んでいく。

「ご飯はどう？　おいしいですか？」

「おいしいです」

「経過は順調なようですね」

「はい」と涼介は満面の笑みを雪村に向けた。その笑顔に誘われるように雪村も自然と微笑んでしまう。

涼介はべつの方向に顔を向けると、親指を立ててみせた。雪村がその視線の先を見ると、そこには江藤がいる。

うれしそうに笑っていた。

いつもよりも一段と素敵な笑顔だった。


スタッフステーションで江藤は一人でいることが多い。テーブルは二つあるのに、江藤が座っているとほかの看護師たちはそこを避ける気がする。

今も江藤は大きなテーブルを一人で占領して、作業をしていた。雪村はみんなのいるほうではなく、江藤のテーブルへと足を向けた。

「お疲れさまです」と正面に座る。

「お疲れさま」と江藤が微笑む。

「そうだ」と江藤はポケットからワッペンを取り出し、「はい、これ」と雪村に渡した。

「遅くなっちゃったけど」

「ありがとうございます」

かわいらしいウサギのワッペンだった。それをポケットにしまうと、雪村は言った。

「……涼介くん、面白い子ですね」

「でしょ？」

「江藤さんが教えたんですよね、あれ」

「涼介くん、将来は医者になるのが夢なの。僕みたいに長く入院している子を助けるんだって……」

雪村は微笑みながら、うなずく。

「いつの間にか回診が日課になってて。雪村さん、明日もよろしくね」

「はい」


翌日、涼介が嘔吐し、容体も急変してICUに運び込まれたという知らせを受け、雪村はすぐに駆けつけた。挿管された状態で眠っている涼介のそばには、すでに江藤がいた。

「どう、まだ痛む？」

頭を優しくなでながら、話しかけている。

「びっくりしちゃったよね～。でも、もう大丈夫だからね。ゆっくり治していこうねぇ」

まるで母親のようにいとおしそうに涼介を見つめる。

「私、笑ってるだけで……涼介くんに何もしてやれなかったね……ごめんね」

雪村がベッドに歩み寄り、口を開いた。

「あの……」

江藤が振り返る。

「……江藤さんって……どうして、そんなに笑顔でいられるんですか?」

「……スマイリーさん、でもいいのよ」

「え……いや……」

「噂くらい耳に入るから」

戸惑う雪村に、江藤は淡々と話しはじめた。

「私ね、すっごい人見知りなの。最初の頃、患者さんにもうまく話しかけられなくて、無表情だって怖がられた……うん、だから笑おうって思ったの」

「……」

「でも結局、何も変わらなかった」

そう言って、江藤は哀しげに笑ってみせる。

「……だから決めたの。無表情でも笑顔でも周りから疎まれるんだったら、せめて笑顔でいようって」

そんなの、切なすぎる……違う、そうじゃない！

「そんなに自分を否定しないでください」

雪村の強い言葉に、江藤はハッとなる。

「誰も癒やしてないわけじゃありません……少なくとも涼介くんは江藤さんの笑顔が大好きで、あんなになついてるじゃありませんか」

江藤の目に涙がにじんでくる。

「涼介くんだけじゃない……私も……その一人です」

江藤の瞳から涙があふれた。

「……ありがとう」

江藤に向かって微笑む雪村のエプロンの上で、かわいらしいウサギがニコニコ笑っている。

名取と横峯がスタッフステーションで作業をしていると、雪村が入ってきた。今日はエプロンではなくフライトスーツ姿だ。

やっぱり、断然この格好が似合ってる。

そう思いながら横峯は微笑んだ。

「お帰り」

突っ立っていた雪村が、二人に向かって、白い歯を見せながらぎこちなく笑った。

「……ただいま」

その不気味な笑顔に、名取と横峯は顔を見合わせた。

雪村はまだ顔に硬い笑みをはりつかせたままだ。

名取がおずおずと尋ねた。

「具合、悪いの？」

「悪くありません！」

クスクスと笑う横峯を見て、雪村の顔が真っ赤になる。

逃げるようにHCUに入り、担当患者の中年男性に声をかける。

「おはようございます。点滴の交換しますね」

とても自然な、明るい笑顔で……。

第五話

「最悪……」

　スタッフステーションで横峯が頭を抱えている。通りかかった雪村がただならぬその様子に声をかけた。

「何、その顔」

「今日の当直、橘先生になったって」

「はっ？」とデスクにいた名取が振り返る。

「航空医療学会に白石先生が行くことになって、代わりに橘先生が当直だって」

「マジかよ」と名取の顔も暗くなる。

「そんなに白石先生がよかった？」

「違うよ」と横峯は立ち上がり、訴える。「橘先生、部長だよ？　ちょっとやそっとじゃ呼べないじゃん。実質、私と名取先生だけじゃない？　こんな当直初めてだもん……ああ、緊張してきた……どうか重症患者が来ませんように……」

胸に手を当てる横峯に、名取が言った。

「来たら横峯に譲ってやるよ」

「ムリムリ、絶対無理」

騒がしい横峯から離れ、名取は灰谷のそばに移動した。灰谷は我関せずといった顔で分厚い本を読んでいる。

「また新しい医学書買ったのかよ?」

「あ、違う。当直用のマニュアル」

「あぁ……って、いやお前、今日、当直じゃないよな」

「だね」

でも、君たちみたいに当日になって慌てないよう準備しとかなきゃ……。

中途半端な笑みを浮かべる灰谷に、名取は軽くため息をついた。


夜、患者側の照明が落ちたICUで名取が数値のチェックをしている。

「お疲れ、名取先生」

声に振り向くと心臓血管外科医の木戸浩二《きどこうじ》がいた。まだ四年目だがなかなか優秀だと評判の若手医師だ。

「ああ、木戸先生」

名取はモニターのカルテに再び目をやり、木戸に尋ねた。

「この患者さん、救命に運ばれてきたときはひどいMR※だったけど、どんな術式でやったんですか？」

「僧帽弁形成術だよ。バタフライ法といってね、弁尖切除と縫合を組み合わせた術式なんだ」

「そうか……」

つぶやきながらカルテを読み込む。

「今日、当直？」

「はい」と名取は顔を上げた。

「俺も俺も」

「よかった。木戸先生いてくれて」

安堵の表情を浮かべた名取に、木戸が笑った。

「まぁ、何かあったら連絡して」

「ありがとうございます」

「あー、傷の縫合だけですんだ」

ホッとしたような表情で横峯がスタッフステーションに戻ってきた。そのあからさまな態度に、医師としてどうなのよと雪村は思う。

そんな医師と一緒に当直している看護師の不安も少しは考えてくれ……と思いつつも顔には出さず、雪村は言った。

「よかったね」

「うん」

「あ、さっき連絡があって、橘先生、緊急で外科のオペの手伝いに入ったらしいよ」

「えぇ～！　じゃあ、もし急患が来ちゃったらどうしよ……」

「そんなこと言ってると本当に来るよ」

※ＭＲ
僧帽弁閉鎖不全症。「心臓弁膜症」と呼ばれる病気のひとつ。心臓の左心房と左心室の間にある僧房弁がきちんと閉じず、左心房→左心室という本来の血流の流れとは逆に、左心室から左心房へ血液が漏れ出てしまう病気。

「ちょっと……」

横峯が不安そうに顔をしかめたとき、狙いすましたように携帯が鳴った。画面に表示された『名取先生』の文字に嫌な予感がさらに大きくなる。

覚悟を決めて電話をとる。

「え……わかった」

予感は当たった。横峯は電話を切ると雪村に言った。

「ICUで患者が急変した。名取先生のサポートお願い」

「はい」

雪村がスタッフステーションを出るのと同時に、今度はホットラインが鳴った。

ウソでしょ!?

横峯は立ち上がり、ホットラインの受話器をとった。

「はい、翔北救命センター」

「印西消防より救急車の受け入れ要請です。二十五歳男性、三階から墜落でショック状態。右の胸郭に圧痛あり」

今は橘も名取もいない。私一人じゃ無理だ。

断ろう。

「すみません」と言いかけて横峯の口が止まる。

でも、もし受け入れ先がなかったら……。

「……ちょっと待ってください」

横峯は携帯を取り出すと、灰谷にかけた。

お願い、出て！

回線がつながり、ホッとする。

「灰谷先生、まだいる？　ごめん、少し手伝って」

灰谷のＯＫを聞き、横峯は左手に持った受話器を再び耳に当てた。

「受け入れます。運んでください」


ＩＣＵでは急変した患者の処置のために名取と雪村がベッドを移動させている。そこに連絡を受けた木戸が駆けつけた。

「状況は？」

「ショックになってます」と喉頭鏡を手にした名取が答える。

「挿管します」

「はい」

木戸はすぐにFASTして、内出血の有無を確認する。

「……※1心嚢《しんのう》内に液体貯留……」

頸部を見た名取が木戸に告げる。

「※2頸静脈怒張してます」

「橈骨動脈微弱です」と雪村が重ねる。

木戸が結論を出した。

「……※3心タンポナーデだ」

「解離が進んだんですか？」

「多分そうだ」

「※4心嚢穿刺ですか？」

木戸は「ああ」と名取にうなずいた。

「お願いします」

滅菌手袋の入ったパックに手を伸ばした木戸が、不意に名取のほうを向いた。

「……やってみるか？」

「え？」

「名取先生も勉強になるだろうし。俺がサポートする」

心嚢穿刺はまだ一度もしたことがない。経験を積むチャンスかもしれない。

「わかりました」

滅菌手袋をつけ、名取は心嚢穿刺の準備を始める。木戸は呼吸管理に回った。

※1 **心嚢**
心臓を覆う膜。

※2 **頸静脈怒張**
頸静脈が拡張している状態。何らかの原因によって血液の循環が正常ではない場合に起きる症状。

※3 **心タンポナーデ**
心臓と心臓を覆う心嚢の間に液体が大量に溜まることにより、心臓が圧迫されて正常な動きができず、全身に必要な血液を送り出せなくなった状態のこと。

※4 **心嚢穿刺**
心嚢に中空の細い針を刺して、心嚢にたまった液体（心嚢液）を抜く処置。

「16ゲージの針とシリンジください」

「はい」と雪村が名取にシリンジを手渡す。

名取は慎重に針を患者の体に刺す。しかし、シリンジを引いても排液できない。焦りながら、もう一度引く。……やはりダメだ。

どうして……!?


初療室に灰谷が入ってきた。感謝の念を目で伝える横峯に小さくうなずく。

すぐに患者が運ばれてきた。ストレッチャーを押してきた看護師が状態を伝える。

「二十五歳、杉原圭太《すぎはらけいた》さん。血圧70－50。脈拍120。意識レベル一桁です」

「移します」

「1、2、3」

灰谷と横峯は聴診、触診、瞳孔確認をすばやく行い患者の状態を確認していく。

「右の胸郭打撲痕あり。呼吸音も弱い。ポータブル※1急いでください」

「はい」と看護師が灰谷に答える。

「胸腔ドレーンも入れます」と横峯が動く。「針、刺しますね」

痛みに苦しんでいた杉原が不意に生あくびを始め、横峯はハッとなる。

「杉原さん？……レベル下がった。挿管します」

ＩＣＵでは、心嚢穿刺に苦戦している名取が助けを求めるように木戸をうかがう。

「……多分、血液が凝固してるんだ。心嚢開窓してごらん」

「はい……メス」

名取はメスで穿刺部分を切開し、ペアンで剥離。クーパー[※2]で心嚢を切開しようとしたとき、その手が止まった。

「……心嚢がよく見えない。少し位置が悪かったか……」

バイタルモニターが警戒音を発しはじめ、雪村が注意をうながす。

「徐脈になってきました」

※1 ポータブル
機器を運んで、動けない患者のレントゲンを撮ること。

※2 クーパー
刃先が曲型で先端部が丸いはさみ。組織の切離や剥離などに使用する。

名取は開いた胸の奥を覗き込み、懸命に心嚢を探る。しかし、なかなか見つからない。

警戒音が名取を急かす。

ダメだ。

名取はあきらめて木戸を振り向いた。

「……すみません。代わってください」

一瞬、木戸の目が泳ぐ。

「……わかった」

「お願いします」

滅菌手袋をつけた木戸がクーパーを手にする。が……その手がかすかに震えだす。心膜を切開しようと刃を当てると、震えはさらに激しくなった。

様子がおかしい木戸を、雪村が怪訝そうに見つめる。

「血圧50です」と雪村が切迫した声で告げる。

木戸はもう一度試みるが、やはりうまくいかない。

首を振り、木戸はクーパーを膿盆※に置いた。その姿を名取が呆然と見つめる。

「杉田《すぎた》先生をすぐ呼んで」

「え……」

雪村が叫ぶように言った。

「脈拍30切りました！」

「アトロピンも入れて。あとは……輸血して……待つから」

木戸の指示に名取はたまげる。

「え、待つんですか？　心タンポナーデですよ！」

すでに心不全状態だ。このまま放っておけばこの患者は死んでしまう。

名取と雪村の視線が突き刺さる。

木戸は苦悶の表情で告白した。

「……俺は今まで当直で一度も患者の急変に当たったことがないんだよ……四年間で一度もだよ……すまないが、俺には無理だ」

愕然とする名取を殴りつけるかのように、警戒音が響き渡る。

「もうすぐアレストに！」と雪村が叫ぶ。

※ **膿盆**
ステンレス製のトレイのこと

名取は覚悟を決めた。

「木戸先生。僕も数時間前までは思ってました。重症患者が来なければいいな、誰も急変しなければいいなって……。でも、今ではよかったと思ってます」

新しい手袋に替えると、再び手術の準備を始める。

「経験しないことのほうが、ずっと怖いから……」

名取の言葉に木戸は目を伏せた。

「木戸先生は研修医四年目で、心不全のメタ解析の論文も評価が高い。さっきも術式を教えてくれました。だから、知識を貸してください。そして、もしよければ……手も貸してください」

木戸は顔を上げ、名取にうなずいた。

「左開胸じゃ見えにくい。※クラムシェルにしよう」

「はい……メス」

雪村からメスを受け取った名取の手がかすかに震えている。

やるしかない。

俺がこの人を救うんだ。

名取は大きくひとつ息を吐いた。すると震えが止まった。

左胸に当てたメスに力を入れ、斜めに切開していく。

木戸のサポートを受け、創を広げていく。

今度ははっきりと心嚢が見えてきた。

よし、大丈夫だ。

やれる。


横峯が開胸器を開くと大量の血があふれ出た。

「橘先生は？」と灰谷は、手術室と連絡をとっていた看護師に尋ねる。

「あと三十分はかかるそうです」

どうする……？

灰谷と横峯が顔を見合わせる。

「パッキングだけして、橘先生を待とう」

※ **クラムシェル**
左胸腔と右胸腔の両方を切開、開胸する術法。

横峯は灰谷を強い視線で見つめながら、言った。

「……肺門を遮断するのはどうかな？」

「肺門クランプ？」

「うん」

「僕たち二人だけで？」

「私たちだけだからできるんだよ。いつもだったら任せてもらえない処置でしょ？」

「チャンスってこと？」

「……そんなふうには言わないけど」

「藍沢先生みたいだね」

「……いいから手伝って」

「わかった」

横峯はサテンスキー[※1]を手に処置を開始。灰谷がアシストする。

「これでいい？」

「もっと肺をそっちに引いて」

「出血は？」

「ここをクランプすれば止まる」

そう言いながら、横峯は肺門部の血管を挟んだ鉗子をゆっくりと狭めていく。

「よし、遮断できた」

「止まった」

灰谷の声に横峯は胸をなでおろす。

「あとはレントゲン撮って、橘先生を待とう」

どうにか自分たちの仕事を全うできた。

誇らしげな視線を横峯に送ると、灰谷はうなずいた。


「心嚢切開します」

「横隔神経※2に気をつけて」

※1 サテンスキー
血管を挟んで止血する際に使用する手術器具。
※2 横隔神経
横隔膜の運動を支配する神経。

「はい」

木戸のアドバイスを心に留め、名取は慎重に心膜を切り開いていく。窓に似た穴ができあがると、そこからドロッとした血液があふれ出てきた。

「よし、切開しました」

木戸がすかさず吸引を開始する。

「もう少し開けたほうが？」

「いや、そのくらいで。全部はドレナージ※しなくていい」

「どうしてですか？」

「解離だから手術まで血圧がもてば十分だ」

木戸の理に適った説明に、「わかりました」と名取はうなずいた。

「輸血、速めて」

「はい」

血圧と頻脈が回復し、モニターの警戒音が止まった。

「血圧70まで上がりました」

雪村の声に、名取と木戸はうなずき合う。

薄紫色の光に満たされた長い廊下を名取と雪村が歩いている。疲れ果てて足どりは重いが、心は晴れやかだ。

スタッフステーションに入ると、同じように疲労困憊した様子の灰谷と横峯がいた。

正面に座った雪村に灰谷が言う。

「お疲れさま」

「お疲れさまです」と雪村が答える。

名取はイスを引くと、鉛のようになった体を深く沈めた。

「大変だったみたいね」

名取が横峯に答える。

「……まあな」

心地いい疲労感に浸りながら、横峯がつぶやく。

「結局、来ちゃったね……急患」

※ **ドレナージ**
体内に溜まった余分な液体を体外に排出すること。

「……だね」と灰谷がうなずく。

名取がイスを回して三人に体を向けた。

「来なければよかった?」

横峯は少し考えて「ううん」と首を横に振った。「来てよかった」

「うん……」

灰谷が答え、雪村も黙ってうなずく。

名取は緊張に手を震わせていたほんの少し前の自分を思い出した。次に同じような場面に遭遇しても、ああはならないだろう。

経験は宝だ。

身を震わせるような場面を何度も何度もくぐりぬけて、自分たちは初めて一人前の医師になれるのだろう。

「……そうだな」

一人では怖くて立ち向かえないかもしれないけど、同じように未熟で、でも同じように熱い情熱を持った仲間がいる。

言葉にしなくても、皆、同じことを思っていた。

四人の未来を照らすように、窓から黄金色の朝日が射し込んでいる。

CAST

〈もう一つの戦場〉

藍沢　耕作……………山下　智久
白石　恵……………新垣　結衣
緋山　美帆子……戸田　恵梨香
冴島　はるか……比嘉　愛未
藤川　一男……………浅利　陽介
名取　颯馬……………有岡　大貴（Hey! Say! JUMP）
灰谷　俊平……………成田　凌
横峯　あかり……新木　優子
雪村　双葉……………馬場　ふみか
二宮　栞……………泉　里香
橘　啓輔……………椎名　桔平

〈もう一つの日常〉

名取　颯馬……………有岡　大貴（Hey! Say! JUMP）／第一〜五話

灰谷　俊平……………成田　凌／第一、三、五話
横峯　あかり……新木　優子／第一〜五話
雪村　双葉……………馬場　ふみか／第一、三、四、五話
橘　啓輔……………椎名　桔平／第一話

■ TV STAFF

脚本：金沢達也／もう一つの戦場、もう一つの日常
　　　安達奈緒子／もう一つの戦場
音楽：佐藤直紀
主題歌：Mr.Children「HANABI」（TOY'S FACTORY）
演出・プロデュース：野田悠介
協力プロデュース：増本 淳、若松央樹
制作著作：フジテレビジョン

■ BOOK STAFF

脚本：金沢達也、安達奈緒子
ノベライズ：蒔田陽平
ブックデザイン：竹下典子（扶桑社）
DTP：明昌堂

コード・ブルー
—ドクターヘリ緊急救命—
特別編 もう一つの戦場

発行日　2018年9月13日　初版第1刷発行

脚　　本　金沢達也、安達奈緒子
ノベライズ　蒔田陽平

発 行 者　久保田榮一
発 行 所　株式会社 扶桑社
〒105-8070 東京都港区芝浦1-1-1 浜松町ビルディング
電話　03-6368-8870(編集)
　　　03-6368-8891(郵便室)
www.fusosha.co.jp

企画協力　株式会社 フジテレビジョン
製本・印刷　中央精版印刷株式会社

ISBN 978-4-594-08072-3